# 且慢茶館

## 從品茶，品味人生

葉中雄——著

晨星出版

推薦序1

# 以茶潤心，「且慢」「且靜」過美好時光！

南投縣光榮國小校長
彰化師範大學國文學系博士　沈春木

日前接到葉中雄校長電話，請後學我為其新書《且慢茶館》寫序，這實是後學我之榮幸！接完電話後，忽然間腦海畫面浮現出～師專時代的葉學長。嘉義師專時期的葉學長，可稱是一位校園風雲人物，氣質風度翩翩，才華文武雙俱，既是吉他社的社長，又是排球隊的隊長，是當時很多學弟妹欣賞的榜樣學長。之後得知葉學長榮任國小校長一職，更是發揮其卓越的領導能力，不論是之前服務的九德國小以及現在的美群國小，校務經營均是優質卓越及頗獲好評。葉校長可說是「扮誰像誰」，不論是扮演什麼角色，都是如此精彩又出色！

幾次拜訪葉校長請益，除了與其學習校務經營之智慧，亦能喝到其收藏的各地好茶，在喝茶中聽葉校長談茶，學習到許多茶的專業知識，看葉校長談茶時的喜悅眼神，就知道他對茶用心頗深及從中受益甚多。有幸先行拜讀書中幾篇文章，內心是滿滿的收穫：像是喝茶能讓「心靈自在漫步」、與好友分享好茶是「一種交心的互動」以及「喝茶就是我的修道院」……等，葉校長很客氣的說：他不是茶師、也不是茶人，唯獨喜歡喝茶，在我看來「用心就是專業」、「熱情就有深度」，葉校長可謂是用心又有熱情的「品茗雅士」，相信您我閱讀葉校長《且慢茶館》一書，都可以透過品茗滋潤自我的心性，藉由品茗體悟出經營的智慧，也可以經由品茗朗現出您我生活的美境！

後學我開始較常喝茶的日子，是從97年派任至信義鄉久美國小擔任校長之時，因學校位於信義鄉的玉山茶區附近，所以常能喝到信義鄉的好茶。信義鄉玉山茶區屬於高海拔茶區，長年雲霧繚繞，日夜溫差大，故茶葉之芽葉柔軟、果膠質含量高，因此茶湯色澤蜜黃有光澤，香氣淡雅且沁心，茶韻甘醇又滑軟，有緣能喝到玉山茶區的高山茶，可謂是人生的幸福時光！之後服務於光榮國小，平日到校都是先至校園巡視走走，看看學生上學情形，與家長互動打招呼，記得有一天寒流來襲，天氣特別寒冷，心想前陣子好友送的一甕陳年老茶，不妨拿來泡泡、暖暖身子，猶記得那時～望著茶煙輕颺裊繞，聞著茶香馥郁氤氳，喝著老茶溫潤醇厚，遠眺美麗幽雅校園，享受回甘靜心滋味，感受到「當下」二字之領悟，初次體會到「以茶潤心」、「以茶入悟」之意涵！

電影《日日是好日》中，告訴我們：在下雨天就聽雨，下雪的季節就賞雪，夏天就感受高溫暑氣，冬天就體驗凜冽寒風……，無論是什麼樣的日子，就用身體的五感感官，好好去品味「季節」的滋味。人生會遇到升學的壓力、工作的競爭、情感的糾葛、親人的生離死別等不如意之事，女主角「典子」也因透過學習茶道，懂得淡然面對生活中的轉折，也漸漸體會到「活在當下」的意涵。影片中有幾次畫面，是從茶道教室延伸至外面庭園：雨滴點點、清風拂葉、陽光照耀、雪花飄落、涓涓水流聲與悅耳鳥鳴聲……，如明朝．陸紹珩所云：「結廬松竹之間，閒雲封户；徙倚青林之下，花瓣沾衣。芳草盈階，茶煙幾縷；春光滿眼，黄鳥一聲。此時可以詩，可以畫。」生活中的美好事物，用心就能隨處有感，所以「葉葉有清風」；生活中的酸甜苦辣，用心品嚐各有各的滋味，所以「日日是好日」！「日日是好日」，好好的過好日子，好好的過好生活，每天都是生命中最美好的一天！

《且慢茶館》開張了，請跟著葉校長的《且慢茶館》放慢您的步伐，享受每一口茶湯的滋味；放慢您的心情，來一場與茶的心靈饗宴。「茶」來自於天地山川的祝福，致清導和，韻高致靜；「茶」來自於自然雨露的滋潤，沖澹閒潔，薰陶德化。當您心情不好時，想說些話時，此時「且慢」一些，喝杯熱茶，讓心情和緩一下；當您與親友爭執時，想做些事時，此時「且靜」一下，喝杯好茶，讓思緒稍息片刻；當您覺得生活不如意時，想下些決定時，此時「且悠」一會兒，喝杯老茶，仰望藍天看看，您會發現天空依舊是如此的寬闊無際。茶可以滋潤心房，茶可以引領入悟，親愛的朋友，讓我們一起藉由品茶，「且慢」、「且靜」及「且悠」的用心感受生活中的美好時光！

推薦序2

# 品嚐館主的且慢哲學

臺北榮民總醫院社會工作室主任
育達科技大學社工系兼任副教授　陳寶民

一杯清茶何須奢華，只要心態對了，品茶就如同閱讀人生，品茗即是一種品味與生活的融入。拜讀『且慢茶館』校樣，閱讀每一小品文，從「説茶説生活」、「品嘗慢的哲學」、「客倌且慢」，到「喝茶就是我的修道院」、「一茶一武林」、「喝茶常是融入在地的引子」、「茶的靈魂」等，都讓我閱不釋手、欲罷不能，其中「一茶一武林」這篇文章真的是太強大了，各類茶到位的介紹描述已屬不易，竟還能結合武功來做深度的詮釋，真讓人為之驚艷。

中雄校長與我的結識始於部隊，當時在我的營裡服兵役並擔任少尉預官輔導長，那段時間我就見識到他的「且慢哲學」。能力突出的他被賦予重任，除了擔任警備後備憲兵連輔導長，還兼辦後備營的主要業務，最後再外加業務繁重的政戰處文宣業務。換作他人應該早就叫苦連天，但我總是看他不急不徐，有條不紊的處理好每一件事，他的細膩和貼心讓同袍們非常有感。下班時間，別的預官大都跑出去玩，少部分留在營區讀書準備公費留學考試，只有他總是留在辦公室文書作業。我問他怎不休息或者和其他預官出去放風，他總是說反正沒什麼事，晚上在辦公室處理文書很安靜也是一種放鬆，後來才知道原來他每個月的薪水都寄回家用，身上沒什麼錢。雖然如此，但我不曾聽過他有任何抱怨，總感覺他安步當車，把別人眼中的無趣和苦悶變成一種享受。

一年後，他的業務竟然獲得全國評比第一名，讓大家記功嘉獎無數，這在部隊單位可是件艱困大事，竟來自於服役短暫二年的傢伙，讓整個團管區驚豔不已，更讓所有志願役軍官佩服不已。一般服義務役的青年大都得過且過，只求盡快退伍；但是中雄不一樣，雖然是義務役的少尉預官，他的熱情總是能影響周圍，正向積極的態度把「吃苦當成吃補」精神發揮淋漓盡致。做好分內的事就會回甘，就像他每天加班一些，一點一滴慢慢做，逐日累積，最後換得全國特優第一名。他的且慢哲學不是消極而是預做積極，是找到心裡最舒適的感受來面對周遭，看了書相信大家會很有感。

我們相識相知已超過三十年，他不僅文武雙全、文采並茂，且擔任學校教師、組長、主任，乃至於現職的校長，均在在展現其具前瞻性之創新領導風格，從他先前出版的著作《留心花園．翻轉領導4.0》可看出他於人際間所擁有的高敏銳度，總是能透過細膩的觀察發現問題的癥結，以過往的經驗、獨特的創見及用心的態度，迎向挑戰面對問題，軟硬兼施，找出最有智慧的解決方式，擔負起承上啟下、領導與管理的重責大任。

自我認識中雄校長以來，他就自在悠遊於品茗之趣中，他認為品茗要用心、靜心，透過茗想可建立自信、自我對話，且品茗過程的感知可融入生活及職場之應對與領導藝術中。中雄校長雖說他只喜歡喝茶，書中單純分享喜歡喝茶的純粹，但其實他的生活充滿「茶」的足跡，除了懂茶、懂品茗，也透過品茗來修心、修性、修智慧，並透過品茗來觀人、溝通、放慢步調、緩和情緒、敏覺事態、智慧領導……，讓我們不自覺跟隨他書中文字的帶領，對茶與人生有更深層、更多面向的認識與體悟。

這是一本結合生活人文與哲學的書，架構明確、循序漸進，有知識性、故事性、啟發性，若無深厚的文學底蘊與生活的體悟，很難寫出這麼多元且細膩動人的文章。中雄校長透過品茗過程的感知，結合生活中的實例與故事，讓讀者體會茶的生活哲學與啟發，並引導讀者透過茶，了解人生，從而從容自若，將正確心態與作為應用於生活及職場中，符應「且慢」的生活哲學。本書將是您我生活中值得細讀與品味的一本好書，也是我願意寫序大力推薦的一本優質書。

推薦序3

# 回甘的滋味

中州科技大學助理教授
前雲林縣政府新聞處長　詹益錦

免不了幾分儀式感地砌了一壺普洱茶，在晨光灑落的書桌前，好整以暇地展讀起校長新作。沒有欲罷不能地一篇接著一篇，卻總是停滯在某些段落裡不前，那些看似簡單不過的隻字片語令我咀嚼再三，字裡行間所折射的卻是校長內化提煉後的哲思，在我的思緒中沁出幽微淡薄的甘甜滋味，原來那就是回甘。

有多久沒感知到這回甘的滋味？生活的每一天我們是多麼急切與浮躁，以至於錯失了世上好些讓人喉韻甘甜的好滋好味。嗯，緩下來、慢一點的深意竟是如此不簡單的簡單。忍不住反覆看了「品嚐慢的哲學」後，悄然映照出自己的急切和浮躁，是嚐不出回甘滋味的元兇。

回想自己喝了半輩子的茶，還是茶販子後代的我，茶湯一就口總是囫圇吞棗下肚，始終不懂得品茶，更別說悟出道理來。不懂得慢的哲學，也就喝不出生活中的回甘。看著校長書稿的同時，於是決心讓自己慢下來，從未下過這種決定。翻出櫃中柴燒的小壺小杯重新砌上一壺，懷揣著校長慢條斯理泡茶品茶的模樣。只是，我怎麼就是品不出那「苦味漸消，甜味漸長」的奇妙轉化？是茶葉太爛？杯器不適？水溫不對？抑或我的味蕾駑鈍？百思不得解。

都知道中雄校長愛喝茶，卻從來不知道他是這般認真喝茶，喝茶都能喝到悟出哲理來，還能寫就這本書，原來這可不是鸚鵡學舌後就能複製得來的。我想，那是一種生活的態度，一種緩慢品茶感知後的實踐，把喝茶時慢的哲學實踐在生活的細節裡，經過日積月累後所昇華出的結晶。如果慢得不到位，也提煉不出回甘的滋味，我該是如此。

就說羽球場上的中雄校長吧！連打球都是慢哲學的實踐者，誰都愛搶著跟他打球，雙打與他同組總能輕鬆取勝，單打對壘勢能漸次精進，他是把慢的哲學帶到的球場上，應用在每一個正反拍的推打動作中，慢中有序、緩中帶勁，不越殂搶球居功，總把好球留給隊友，最刁鑽難擋的球路他才補位應戰，汗水淋漓的廝殺場上，他卻能不疾不徐的優雅對戰，與他打球過程中，即便口中無茶湯，回甘的滋味卻已直沁心脾。

有多少人願意把球場絕學傾囊相授？更別說願將人生冷暖的所感所悟，毫不藏私地出書分享，中雄校長就是這樣的人，一個很令人回甘的人。若要說有一種回甘，無非就是中雄的滋味。

這是一本值得你放在床頭躺在臥榻上，用緩慢品茶的心緒去感知回甘滋味的好書。

# 推薦序4

台中市體育總會帆船委員會主任委員　林茗瑋

人生的點點滴滴就像茶文化一樣豐富精彩，與文化底蘊深厚的雅士品茗交流，不但收穫滿滿，看生活周遭也變得更加豐富有趣，讓我們添加更多人生的哲思。

每次走進葉校長的茶空間，心裡總是多了一份輕鬆愉快，那份舒心感讓人放鬆也放心，時空彷彿在茶湯和藝術以及禪心之間交融。砌一壺好茶，懷著巨竹般的心情，心境交流後的舒暢，是我非常享受和期待的一件事。

茶葉的箇中滋味，常因人、因時空環境而有不同的變化和感受，就讓這本書跟大家一起享受時空的交流，讓茶香書香，孕育出更棒的火花。

看完書，您將有一種氣通神行的舒適！

# 推薦序5

達富隆機電財務長
茶友 王鈴惠

『且慢茶館』——一看書名，讓人忍不住好奇，會是家怎樣不同的茶館？打開書頁，卻讓人停不住直往下翻閱，甚至再翻回前面尋找……喔！聽說要且慢，我得放慢速度、細細品味他的文字。

葉校長泡茶、品茶、說茶的功力確實了得，雖然他一直自謙並非專家，但深入細膩描寫的（文字）韻味引人入勝，茶湯悠揚的香氣、甘甜的滋味躍然紙上。

幾次在校長室開會、聚會，見到有些人進入校長室前，眉宇深鎖，糾結的線條，與走出校長室時嘴角上揚的弧線截然不同。

校長總是熟練、不假思索的把茶壺加溫，將捲曲如心般的茶葉放入壺底，當茶水注入壺中，奉上一杯熱騰騰的茶湯後，藉機引導我們從聞香、觀色、口感中，靜心體會箇中滋味⋯⋯。花香、果香或蜜香，這中道實相觀在短短幾秒中已入定，捲曲的茶葉經過沸騰的茶水浸潤後，不斷的舒展、綻放，積累的情緒、心事，也隨著入喉回甘的茶湯轉換、放下。

有人以器飲茶，校長卻是以契引茶。

誠摯推薦，讓心神遊『且慢茶館』，共享一份悠然。

# 推薦序6

暘筌工業財務長
資深茶友　張育君

一直以來，葉校長的文字滲透力深深讓我覺得充滿能量，每每從中受到感染、獲得感動，得知校長新書即將出版，做為得以近距離接觸觀察的茶友，做為一向崇拜葉校長文筆的朋友，有幸先睹為快，提筆寫下粗淺但真摯的感受。

與葉校長相識，源自於美群國小；與葉校長的緣起，始自於「茶」。同一泡茶，經過校長分析解說，喝來特別有滋味，而且是充滿層次感的甘美滋味。聽校長「說茶」，從產區、風土到茶的分類、功效、小典故，乏味生硬的茶知識，變得生動起來；看校長「寫茶」，經過淬煉的丹青妙筆，瑣碎尋常的生活小事，變成深刻動人的生命故事，原來「茶真的是個江湖」，原來「茶也可以回生活上的甘」，慢慢喝、靜心喝，與自己對話，感受真的不一樣。

「且慢茶館」介紹的是茶，但不只是茶。藉由茶，延伸到學習態度、生活感悟，領悟出很多人生哲學，感受到更多的精神層面。葉校長的闡述，給了茶不同的定位、不同的溫度、不同的生命力，透過文字讓茶的價值發揮到最大，透過敘寫，賦予的力量、附加的價值，讓茶，真的不只是茶。

以茶會友，是葉校長與人交流的方式，藉由茶拉近彼此距離，讓茶成為溝通橋樑、交心媒介，更是葉校長的本事。我們跟著學習慢慢品、細細嚐，感受茶的溫醇、生活的溫度、生命的厚度。

葉校長的心思細膩、縝密，對朋友是如此，總能看到人的特質、亮點，給予激勵、肯定，他感受到的茶、筆下的茶，也是如此，餘韻悠遠、沁人心脾，細讀文章，可能會顛覆您對茶的認知、感受。

好茶讓人回甘，好文章亦是。

好茶要有好水、好心境、好好被對待，才能喝出箇中甘美；好文章需要知音，被看見、被欣賞、被肯定。極力為您推薦「且慢茶館」。

# 自序　說茶說生活

我不是茶師、不是茶人，不懂得種茶，也談不上擅長品茶，更不懂茶道，唯獨喜歡喝茶。小時候看父親每天和朋友泡老人茶（熟茶），每當桌上開水沸騰時，那不斷從壺嘴冒出來的水氣，像吞雲吐霧般令人陶醉。那些講究的砌茶、倒茶等優雅動作，以及眾人圍繞著茶桌談天說地的情景，至今仍讓我印象深刻，也開啟了我自學生時代開始在宿舍喝茶的習慣。

那時候沒有什麼閒情逸致，也沒有品味與雅緻，只覺得幾位同學在一起泡茶喝茶閒嗑牙，胡沖亂泡倒也像個小大人似的，頗為有趣。沒想到，喝著喝著竟也喝出了興趣。

多年來不斷喝茶，茶已經悄悄地融入自己的作息慣性，成為生活中的一部分。和大部分愛茶人士一樣，平日上班時會在辦公室泡杯熱茶解渴，也會找同事一起隨興評茶，胡謅一通交換心得。假日在家休息更會砌壺茶讓自己放鬆，透過茶湯和朋友一起談天說地，有時候一日數回也依舊甘之如飴。

出門旅遊自然也會攜帶茶具，短時間出差研習，甚至沒過夜的一日遊行程都會攜帶簡易的泡茶用具。朋友與賓客來訪時以茶會友，會議時以茶降低嚴肅氛圍，協調糾紛時以茶緩和情緒，和團隊夥伴心談時以茶代酒提升心靈交流。茶之於我，的確是開門七件事，是生活所需，也是必需。

寫茶是一件困難的事，因為喝茶的人多，種茶賴以為生的專業人士也多，愛茶人士更多。基於自己的不專業，一直不敢下筆，怕寫出的作品少了味道，然而每當備妥茶具砌壺好茶，獨自享受茶香，陶醉於飄緲之際，心裡總是特別有感觸。茶湯與味蕾溫柔地接觸時，這獨特的意境亦古亦今，任憑思緒隨之飄揚遊蕩。在這樣的情懷驅使之下加上幾位好友的慫恿，於是就嘗試寫一些淺顯的文字，就當成是一段與茶的偶遇和時間的纏綿吧！

我不懂茶，只喜歡喝茶，喜歡在生活日常之間，烹煮一杯熱茶，品味生活的香。看蜷縮卷曲的茶葉，在純淨的水中浮沉、舒展，然後綻放，最終歸於平淡。我們人生的過程也猶如這四個階段，如果再加上備茶和開水沸煮的過程，這準備、學習、升溫、衝刺、浮沉、舒展、綻放、平淡的歷程正如人之一生。大家都說人生如戲、戲如人生；若從這角度看，也可以說：「人生如茶，茶如人生」。

往事如煙，順著茶湯常可以讓我們隨煙穿越時間回到過去。感性也好、感嘆也罷，細細咀嚼這些情懷，讓人勇於面對過往也能展望未來。無論四季、無謂風雨，只要一杯茗茶在手，細細品來，多少心情都可以慢慢沉澱在這杯香氣四溢的茶水中，讓自己情隨事遷、調神暢情。

茶樹像大自然的修行者，喜歡住在高山上，終年常綠，又似得道高人，永不凋零。它汲取天地靈氣、吸收日月精華，享清風雨露滋潤，匯聚能量，型塑成獨有的味道。把水沖注入壺，看著水氣裊裊旋上，壺中茶葉浮浮沉沉；聞著淡淡地茶香，品著清醇的茶水，心境也變得恬淡了。稀釋了生活與工作忙碌奔波的壓力，緊繃的心弦得以釋懷。驀然回首，又覺一片寧靜；一份悠然、一絲感悟，都在靜待你細細品味。

酒壯英雄膽，茶引文人思。自古以來，多少英雄豪傑與酒作伴，多少文人雅士與茶結緣。茶葉品種繁多，各有擅長，這部分超乎自己專業，所以我只單純分享這份「喜歡喝茶的純粹」。

# 目次

## 第二章 泡茶養心性，養心性泡好茶 67



## 第三章 以茶會友，不亦樂乎 113



## 第四章 品茶茗香，品味人生 163

第一章

# 茶如人生，人生如茶

# 一、品嘗慢的哲學

身處在科技與全球化時代，我們周遭世界每天都在快轉，似乎停不下來。現代人熱衷追求速度，執著於用更少的時間做更多的事；不斷加快腳步，成為跟上時代的方式。整個社會太講究效率，養成了一種積極而忙碌的生活節奏。

我們不斷追求時效，讓「快速」變成一種崇拜，這種生活模式常壓得我們喘不過氣，被時間追著跑，搞得整個人筋疲力竭、壓力過大。如果不小心發生個意外插曲，就容易瞬間亂了套，這時又得為當初追求速度付出更大代價。正所謂「欲速則不達」，有時候我們不得不放下一切，讓心靈學習安靜。這時候你將發現，許多原本我們視而不見的細微事物，會在靜下心後一一浮現。

想要保有沉靜的心，我們得學習「緩」與「慢」。學習「緩」，才能思考，否則忙就只不過是盲；學習「慢」，才能省思，沒有思考的日子就會變得渾渾噩噩，徒留內心一片空虛。這與品茶講究的核心精神正好不謀而合，「緩」與「慢」正是品茗必備的核心要素；在茶的世界裡想要喝到好茶，就須要學習這兩件事。

茶的興起源自於古代寺廟，後來被精緻化而衍生出各式茶道，但無論是哪個場域、哪個派別、講究哪些儀式，都有一個共通性——就是希望融入清靜安詳的心，把飲茶提升為品茗，從物質層次提升為精神層次。

茶湯高溫會燙口，所以得緩緩喝、慢慢嚐，在輕啜淺嚐間，細細琢磨才品得見妙味的極致。快節奏的大口牛飲不只喝不出茶湯的甘甜美味，更會錯過其中的小細節。茶中的花香、果香、蜜香和清香，總喜歡玩捉迷藏，稍不留神就容易被忽略。這些隱藏著的特有口感與甘醇，惟有靜下心來打開感官，才會讓我們發現。因此有人說茶葉像個隱士，沉穩內斂不多話，讓人看不清真面目，只待有心人與他對話，才會綻放甘醇與清香。緩，就是茶教會我們的第一件事。

慢，才能自在優雅地泡杯好茶，並從容地品味茶湯，打開身體感官去感受體會。這時體會到的不僅是茶的湯色與滋味，而是能真正領悟自己人生中的苦澀與甘甜。每當心裡五味雜陳的時候，也許就品出了人生的真滋味。為人處事其實也是相同道理，難怪我們常說「事緩則圓」，正是不變的真理。

靜，是茶之特性，它不似酒般動能十足、熱力四射；相反的，茶是溫文儒雅又不失溫度的。所以自古文人雅士對茶多有偏愛，藉由一壺茶輕煮心事，淡品餘味無盡；靜聽一壺水升溫、沸騰，感受安靜穩定的力量，進而思考人生。喝茶品茗講究舒適雅靜的氛圍，反觀生活也是如此：鬧中取靜、不疾不徐，不也是我們一直尋求的人生佳境嗎。靜心方能喝到好茶，茶之情韻，從古至今溫熱了幾千年，憑藉的就是這股緩慢與安靜的力量。

品嘗「慢的哲學」是要讓人「悠然自得」，也是一種生活調性的平衡，讓我們該快則快，能慢則慢，透過適當而正確的節奏享受生活。在工作和生活中適當地放慢速度，以豁達和欣賞的心態來面對周圍的人和事。平時我們太致力於追求速度，過於盲從「快者生存」的工作能力，為了生活忙得團團轉，雖然有了效率，卻少了品質和尊嚴。

「世界快轉，心則慢」，「慢」不僅是一種風格，更是一種態度。讓我們來仔細品嘗一下吧！

品茶小知識

**茶的分類：**

茶依據發酵程度的不同，可分為六大類：綠茶（不發酵）、黃茶（微發酵）、白茶（輕發酵）、青茶（半發酵）、黑茶（後發酵）、紅茶（全發酵）。

我們常喝的高山茶就是屬於半發酵的青茶，普洱茶則屬於後發酵的黑茶。

# 二、請用茶

喜歡喝茶，不是因為它能提神，而是為了那份略帶青澀的口感和香味。只要是茶友應該都喜歡喝茶的情調，那種放鬆、愉悅、優雅、閒趣、愜意、分享以及共享的快感，讓人不自覺地愛上這種喝茶的心情，難以抗拒。其實，品嚐茶就是為了追求這樣的一種感覺。

茶和咖啡一樣，都像是小偷（應該說「雅賊」才是），它會偷走心裡的鬱悶，竊取你的壞心情，盜走枯躁苦澀的時光。茶有時也像個知己，在心情不佳時給予關懷和陪伴，替你排解孤獨和寂寥。

喝一口熱茶，品一口生活的香。因為生活要自己忙，再苦再累都得自己扛，箇中滋味也只有自己能嚐。當我們端起茶，先深吸一口茶香，然後屏住呼吸，去感覺鼻腔內的味道，那直入腦門的香氣，似乎是一把打開自我對話的鑰匙。接著再輕啜一口，不要急著吞下，而是讓茶液充盈舌頭及整個口腔。閉上眼睛，口中依舊迴盪著茶的澀香，情緒也隨之蕩漾……。寧靜且清香，這樣一個能與自己安然相處的時刻，也許就是人們之所以愛茶的原因吧。

有時候去朋友家作客喝茶，我都會想像自己穿梭在巷弄間，尋找那些隱藏版的茶藝館。因為每位茶友的茶桌都各有特色，結合個人的喜好和收藏，就讓每間茶室的氛圍大不相同。儘管住家位在人聲鼎沸的街道上，只要一進入茶室或坐上茶桌，外面的喧囂噪音頓時化為烏有，靜謐得宛如置身在深山廟宇之中。在這裡，沒有精美的包裝，但每一杯茶都傳遞著一種職人精神；沒有華麗的廣告詞，但每一杯喝茶都可以感受到人的溫度。

朋友之間分享好茶是一種交心的互動。茶桌上沒有楚河、漢界，在這個空間裡，每個人都明白「簡單」其實是不簡單，也都明白「懂得」是心與心之間的相逢，也是心與心的彼此相通，是靈魂與靈魂的碰撞，更是情感與情感真實的感動。

諾貝爾文學獎得主高行健先生在寫作時，總是會先選好要聆聽的音樂作品，這樣做可以幫助他提早進入寫作需要的狀態和情緒，找到語言的韻味和節奏。茶也和音樂一樣有這樣的功能，老舍先生曾說：「有一杯好茶，我便能萬物靜觀皆自得。」茶像一條小徑，接引你的內在感官，讓你悠遊其中、心曠神怡。懂一點茶，也是懂得醇香好韻的品味門道。若是遇見好茶，你會發現時間是最好的「茶友」。

喝茶，可以是室內靜謐的獨酌，也可以是一場與大自然接軌的盛宴；可以在鄉村榕樹下奉茶豪飲，也可以在梅樹下就著花香細細品味。與三五好友共賞美景、品嘗好茶，人生不如意之事盡隨付清風飄散。

很多時候生活只需要微調，就能把「將就」變成「講究」。喝茶就是如此，我們可以不要太多外在拘束，享受生津解渴的感覺，感受茶香獨特的氣味，任憑它帶領我們恣意想像。體會那份舒適舒心的韻味，讓茶葉帶領我們身心舒展，心靈也隨之自在漫步。下次奉茶時，各位不妨感受一下吧！

品茶小知識

**綠茶：**

不發酵，茶菁[1]採摘後不再萎凋[2]，而是直接殺菁[3]，讓茶葉酶的活性消失，內含的各種化學成分，基本上未經酶促氧化反應，故稱之不發酵茶。在製作上以採摘嫩芽製成，講究外形和色澤，追求清純淡雅。殺菁後再進行揉捻，之後進行乾燥。

一般而言，以明前茶（清明前採制）最為珍貴，雨前茶（清明後穀雨前採制）次之。西湖龍井、洞庭碧螺春、六安瓜片、黃山毛峰、信陽毛尖等，都是知名綠茶。

註1：即為剛摘採下來的茶葉，也稱為「茶青」。

註2：製作茶葉的一種工序，目的為除去茶葉中多餘的水分。

註3：利用高溫停止茶葉發酵的一種工序，常見的方式為炒菁及蒸菁。

# 三、喝茶是一種品味，更是一種生活態度

泡一壺好茶，佐一個故事，是平凡中的幸福滋味。每一杯茶裡，也都有一個故事，那是一位位茶農辛苦付出，努力圓夢的故事。他們有的傳承祖業，背負著發揚光大的使命；有的從小耳濡目染，立志成為一流製茶師或品茶師；有的是在外歷經滄桑，才聽見故鄉茶園的呼喚。這些茶湯裡訴不盡的風味，其實都是人生的滋味。這時候你會發現，茶不再只是茶，而是一種帶著不凡的品味，展現在我們面前的一種生活態度。

一直以來我們在茶飲上常以「品」來呈現。品茗，除了區分茶的優劣，鑑別茶的特色，也帶有感受意境和情趣之樂。尤其台灣發展出特有的「雙杯品茗文化」，在茶飲原先強調的口感與味覺感受之外，更講究茶葉的香味與細膩的嗅覺體驗，無形中提升了品嘗的層次感。

茶葉本身就「韻味」十足，而茶湯在口腔與喉嚨之間的多元變化，更是耐人尋味。再透過聞香杯感受茶葉沖泡後飄散出的各種花香、果香、蜜香，形意之間山嵐水氣彷彿已浮現在眼前，帶領我們感受高山的飄渺，也彰顯了茶的「韻味」。從喝茶到品茗，儼然已是一種品味，品茶湯口感也品人生滋味，品味茶香也品生活芬芳，是一種品味也是一種生活態度。

人生，就如同品茶一般，若不加以用心細細品嘗，就會忽略很多細膩的小確幸，錯過其中的美好。小綠葉蟬咬過的茶葉會帶出令人驚艷的蜜香；阿里山樟樹湖的茶，多了一點岩石般的韻味；傳統石棹珠露茶的獨特香氣，帶有些許黏土地質所種植出來柔順滑口的獨特感覺。

金萱伴隨牛奶香和玉米香，翠玉藏了玉蘭花和野薑花香氣，鐵觀音帶著果乾香。高海拔山區的茶葉，則依海拔、山勢、區域的不同，山韻氣味與茶湯軟硬各有韻味、清新高雅感受各異。這些隱於茶壺內的大世界，都需要我們放慢步調、靜下心來專注品嚐，方能發現。我們生活中何嘗不是如此，多用點心思就能擁有大感受。這也難怪唐朝詩人盧仝寫了一首《七碗茶歌》：

一碗喉吻潤，
二碗破孤悶。
三碗搜枯腸，惟有文字五千卷。
四碗發輕汗，平生不平事，盡向毛孔散。
五碗肌骨清，
六碗通仙靈。
七碗吃不得也，唯覺兩腋習習清風生。

在忙碌生活中泡上一壺茶，可以消除疲勞、洗滌煩憂，提振精神；也可以自斟自飲、細啜慢飲，隨心所欲。心靜如水方能和自己對話，游離於萬物之外，浸潤於茶香之中，從而「大隱隱於市」。文人雅士喜歡喝茶，不只是因為它能解渴提神，而是因為茶的甘味、苦澀和香味，不只喜歡品嚐這種獨特味道，更醉心於喝茶的氛圍、情調，那種優雅閒趣、愜意感和美的享受，讓人難以抗拒。

迴盪在濃郁深邃的品茶氛圍中，感受到的已不僅僅是茶的味道，而是對心中情感的深刻體驗。

## 品茶小知識

**黃茶：**

約10%發酵，製作工藝類似綠茶，只是在乾燥過程前後，增加一道「悶黃」的流程，其中以黃宣紙為正統悶黃手法，促使其多酚葉綠素等物質部分非酶性氧化。葉黃湯黃、金黃明亮，甘香醇爽，屬微發酵茶，分為黃芽茶、黃小茶、黃大茶三類。

君山銀針、北港毛尖、莫干黃芽、霍山黃芽、皖西黃大茶…等，都是知名黃茶。

# 四、品嘗淡淡的幸福

憑藉著清幽淡雅恬靜含蓄的本質，品茶長期以來深受廣大群眾喜愛。尤其是詩賦的傳誦，讓茶與各種文化結緣，從而創造出專屬於茶的深層內涵，這些文化底蘊更是讓茶被文人雅士所鍾愛。其實，品嚐茗茶就是為了追求這樣的一種感覺，輕啜一口，閉起雙眼，口中迴旋著茶湯的醇香，當下的情緒便隨之蕩漾，所有快樂、痛苦的感受，在此刻逐漸飄遠。

喝茶可以很簡單很純粹，讓我們暫時拋開這些繁瑣規矩，回歸到純粹的品嚐，只要有一塊適性、舒心的小天地，泡杯好茶，讓香氣自然溢入鼻間，一份甘苦，滑入喉間，這樣淡淡的醇香，再加上零散的回憶……也許，這就是一種淡淡的幸福吧。

某日好友伉儷來訪，我特別拿出聞香杯來分享自己收藏的高山茶葉，沸騰的水沖入茶壺後立即帶出一股高山茶香，那種任由飄逸香氣引領我們遨遊高山的感覺非常舒服，思緒也隨之在山林間迴盪。加上柔和的茶湯韻味十足，感覺身心都愉悅了起來。我們的話題也像是在山上旅遊，身心獲得充電後準備下山，一路聊到山下般。說著就聊起以前生活過得清苦，創業維艱曾經讓他們困頓萬分，背負沉重的貸款……。雖然現在早已事業有成，但談起曾經的辛苦歷程，眼中仍然泛著淚水，彷彿時間被凍結停止在那一刻。人生不就是這樣嗎？有甘有苦，嘗過苦才知甘的甜，歷經挫折後的成就才令人更有感覺。

紫藤廬[4]創辦人，同時也是知名茶人的周渝對茶有著獨到的見解：以茶入道、入生活。他特別喜歡淡而遠的茶，也就是「入口淡、後韻久」，因而能拉開一個想像的空間。這樣的空間會喚醒我們的記憶，想起屬於自己的故事，那些曾經的刻苦銘心、對奮鬥的堅持……這些深層記憶的甦醒，是生活上的佐料，也是一種淡淡的幸福滋味。也許正是因為淡才更讓人珍惜，才更顯其珍貴。

註4：台北市第一處以人文歷史精神及公共空間內涵特色而被指定的古蹟。

在台灣，喝茶不但普及，也是一種生活方式。茶之所以能深獲國人喜愛，正因為它能喚醒內心深處的記憶，解開心裡塵封已久的密碼鎖，讓我們沉澱、靜思。品嘗歲月深處的苦，內化生活周遭的澀，進而回甘，然後逐漸歸於平淡。

喜歡喝茶，不僅因為它能解渴提神，而是喜歡喝茶的情調，它的苦澀和回甘，香味與韻味，一絲優雅，一種閒趣，一分愜意。這種喝茶心情，讓人難以抗拒；一旦愛上這種心境，就會讓人不自覺上癮。

怎樣在忙碌中經營一份從容？怎樣在煩瑣中追求一份簡單？怎樣在日常中擁有一份精緻？或許茶裡茶外就有一份答案。

## 品茶小知識

**白茶：**

約20%～30%發酵，因為茶的綠葉帶有銀白色的毫心，和其他茶葉相比，顏色也較淺淡，故得名白茶。製作工序只需經過「萎凋」和「乾燥」兩大步驟，經過重度萎凋（48小時以上）、不攪拌、不炒菁、不揉捻而直接乾燥製程。色白隱綠，湯色黃白，滋味鮮醇，清香甘美，屬輕發酵茶。主要產於福建福鼎、建陽、政和、松溪等地。

白茶存放時間愈長，藥用價值愈高。因此自古以來，中醫也喜歡以白茶入藥，白茶在坊間還有個順口溜：「一年為茶，三年為藥，七年為寶」。意思是存放超過三年的白茶（俗稱老白茶），除了可以當茶水喝，還可以當藥引入藥。

以前醫療還未普及發達的年代，民間常有存放白茶用來治病的傳統，人們出現感冒、發熱、頭痛、牙疼等症狀時，都會飲用白茶來緩解病痛。這樣的傳統習俗在東南沿海一代廣為盛行，甚至流傳到越南、緬甸等東南海國家。

一般白茶可分四級：白毫銀針、白牡丹、貢眉、壽眉。

# 五、一茶一武林

一個人喝酒，解悶；一個人喝茶，靜心。

一個人喝酒，可能是悶酒；一個人喝茶，卻是境界。

酒太烈、煙傷身，唯有茶恰到好處：不慍不火，不濃不淡，不急不躁。

若說喝咖啡是品嘗浪漫，喝茶則是在享受沉穩，給人一種悠然自在的感覺。品嚐茗茶就是為了追求這樣的一種氛圍。每種茶的質地不同，色香味迥異，喝茶的感受也不相同，品茗時的境地自然也就不同。

古云：「文章、地理、茶，盡識者無幾人。」一茶界猶如一個江湖，傳言八卦不少，蜚言流語是非多。這個江湖學問深且複雜，每位專家都有自己的主張；每個茶農都擁有自己的一套本領；眾茶人都有自己獨到的見解，猶如江湖中門派林立，各有擁護者。一方風土養一方茶，猶如武俠世界中，每一種武功都代表了一個地區特性，也有著各式各樣的人生哲學。大家爭奇鬥豔又各自綻放，一茶一武林。

普洱茶因製程特殊而具備後發酵的特色，陳放可使茶的風味獲得提升，優質的陳年普洱茶香氣匯聚，湯滑水甜、口感豐富。這種溫潤而厚實的感覺令人情緒穩定，拋開身上的負能量，閉目養神似乎還能感受到自己與週遭自然的對應，猶如武當山張三豐所創之太極拳，強調天人合一。講究中定、放鬆、心靜、慢練，借力使力，後發制人。在悠閒高雅、妙趣橫生的太極推手中，探求哲學與力學的真諦。普洱茶和太極拳均強調放鬆與放下，用意而不用力，這也是一種生活的智慧：學習放鬆、練習放下，是一門心靈的學問。

烏龍老茶味道醇厚，甘味飽滿，不同於生茶的刺激感，一口純熟的氣息在喉頭迴盪不已，這是老茶的獨特風味，也是讓許多茶友愛不釋手的原因。老茶因不同茶質伴隨時間繼續氧化，味道常無法掌握，反而有出奇不意的驚喜。這與無招無式，也無固定型態的詠春拳很相似。剛柔並濟，以柔為主。看似綿軟，實則拳快而防守緊密。老茶與詠春都不拘泥於形式，卻常有讓人驚豔之處。

源自於台灣海拔一千公尺以上的高山茶區，因其獨特的地理條件與自然環境，生產出的台灣高山茶擁有良好的品質與口感。茶肉厚實柔軟、色澤翠綠，茶湯透亮而甘醇濃郁，不苦不澀且滋味回甘，廣受世界愛茶人士的喜愛。

茶湯柔順綿軟的梨山茶，芽葉柔軟，葉肉厚、果膠質含量高，色澤翠綠鮮活，滋味甘醇滑軟，厚重中帶有活性，香氣淡雅好比劍走輕靈、飄逸的五嶽劍派之首——華山劍派。而在梨山茶區中脫穎而出的台灣高山茶極品——福壽山茶，更是像極了隔空習得風清揚真傳的令狐沖，以獨孤九劍傲視天下。喝一口梨山茶，感受居於高山，靜心飄渺的意境，是相當特別的體驗。

杉林溪茶區終年雲霧籠罩，土壤肥沃，日照時間短且雨量適中，因能表現出高山獨特之茶色，因此廣受飲茶人士喜愛，原始高山森林環境的茶區，極負盛名。色澤鮮艷、水色蜜綠澄清富活性，落喉甘清，擁有獨特「山頭氣」的特色，喝來相當順暢，恰似玉女劍法，滴水不露地防守中卻滿含柔情。

相較之下，香氣略具野性與岩味的阿里山茶，茶水持久耐泡，茶色翠綠清透，呈現出淡雅的天然奶香。此種手工摘取的茶葉，在涼冷環境中產製，所製出的半球型翠綠色烏龍茶，可沖泡出蜜綠色茶湯，微澀中帶有甘醇滋味，又攙有芬多精的幽香。這種色香味甘醇的獨特風味，就像是剛猛對決的降龍十八掌。

武林的俠士劍客通常隨著思考愈廣、嘗試愈多，功力也愈發深厚，並逐漸整合出自己的武功哲學。慢慢學習、咀嚼，想出哪種招式才是最有效率的，甚至能分析每個流派的優點與限制，到最後方能將一切融會貫通。茶也是相同道理，每位茶農都是經過不斷嘗試，改良土壤、製茶流程，逐漸整合出自己的獨門心法，讓茶區發揮出最大優勢，表現出自己的特色。猶如金庸武俠小說「神鵰俠侶」中，獨孤求敗的劍塚上面所寫「重劍無鋒、大巧不工」。如果我們反覆地把劍使到極致，就算是個樸拙無鋒的巨劍，也能逐漸嶄露鋒芒。就算是不聰明、不靈巧的人，只要投入時間走在對的道路，終究能透過積累獲得回報。這八個字不只是武林心法，也是製茶過程的至理名言，無怪乎俗話常言：「投入生智慧」，用心投入，把熱情發揮到極致，往往就能克服萬難向目標邁進。

修習武功的目的並非要做萬人景仰的大俠，而是以促進身體健康為基底，進而探究自我協助他人；學習品茶也並非要成為點評百茶、四處演講的茶師，而是透過解自己的渴，進而了解人與他人、人與自然的相處之道。我們不一定是武林高手，也不一定是茶界泰斗，但我們仍能藉由這些途徑，做個不停探問本質、與自我和諧相處的英雄，讓自己活得自在從容、活得體面如意。

每個人都是獨特的個體，就像每一種茶都有其獨特之處。不論是人或茶，只要找出自己的天賦與優勢，每個人都會發揮出不同的潛能，每款茶都能做出自己的特色。因此，不論做什麼，我們寧願花點心力找出本質、花時間慢慢打磨產品與培養內功，而不需特別去追逐流行，就能立足於江湖，建立起自己的品牌。

## 品茶小知識

**青茶：**

30％～60％發酵，色澤青綠金黃，清香醇厚。因外形青褐，故稱為青茶，也叫烏龍茶，屬半發酵茶。茶菁摘採後製成毛茶[5]，經日光萎凋、室內萎凋後進行攪拌，使茶葉葉細胞破損讓氧氣容易進入，進行氧化作用，同時也讓菁味消散，最後一次攪拌時使用浪菁的手法，破壞葉脈使水分平均分配，並提高酶活性，以利氧化作用。下一步驟進行殺菁，鈍化止酶活性，停止氧化。殺菁後揉捻，此步驟茶汁外溢，附著於茶葉上，最後使用乾燥機乾燥，此時的茶乾含水量約3～5％。

知名青茶：武夷岩茶、大紅袍、安溪鐵觀音、鳳凰水仙、文山包種、凍頂烏龍、東方美人等。

註5：僅經萎凋、發酵及乾燥初步處理的粗製茶。

# 六、茶與浪漫的相遇

自古以來，文人墨客總喜歡清茶一杯談論風雅，一茗在手、寧靜淡泊。茶不僅走入我們的生活，生津解渴之餘，更融入我們的日常。喝茶不再只是解渴或求一個味道，也為了心靈的享受。在忙碌的生活步調中，放下手裡的活，拋開心裡的悶，品飲一口茶，小憩片刻，享受閒適。這「放下」的意境，早在千百年前就與禪意有了浪漫的巧遇。它們的偶遇就像三世結緣的情人，既自然又有默契，再契合不過了。

這也難怪大家常聽到「茶禪一味」這句話。茶禪一味是綜合許多修行、靜心及體驗的共同說法。「茶」泛指茶文化，而「禪」意為靜慮、修心，「一味」則是指二者有相互輝映之處。兩者的共通點在於追求精神境界的提升，過程皆強調放下與靜心，期待能有所體悟，這就是茶禪的浪漫。

茶與咖啡是東西方最經典的飲品代表，不少人喜歡咖啡濃郁的香醇，帶著追求浪漫的情懷與完美的情調；而茶香獨特的清幽感，追求的則是一種境界，與藝術和文學有著濃厚的連結，承載著中國幾千年的歷史文化，洋溢著文人的情思，悠然而博雅。

然而，滿懷心事進入咖啡廳的人，帶著焦躁的情緒喝咖啡，只覺嘴裡盡是苦味，是感受不到香醇與美味的，如此則當然沒有情調可言。喝咖啡和品茗一樣，想品嘗意境之前得先倒光心裡的煩雜，拋開惱人的事物，才能感受不同層次的體驗，這就是放下的浪漫。

歷史上最講究茶的莫過於宋代，當時茶是「最溫柔、最浪漫、最富有詩意的飲品」。在他們長期的飲茶體驗中，將其昇華為一種優雅的文化，成為「點茶」工藝。當時宋人將點茶的技藝發揮到極致，十分講究，形成專業技術的同時也具備一定的觀賞價值，欣賞茶藝成為最流行的休閒活動之一。

之後又發展出一種叫做「分茶」的高超茶藝，這是在點茶時透過茶筅擊拂（快速攪拌），使茶末與沸水反應形成泡沫，在茶碗中的上層泡沫沖出各種栩栩如生圖案的技術，非常精緻高雅、觀賞性極佳。這和時下所流行的花式咖啡——拉花十分相似，也就是說，喝咖啡前欣賞拉花這樣的閒情逸致，早在對泡茶工藝極其講究的宋朝就已流行過了。無怪乎宋徽宗曾經誇口說：「近歲以來，採擇之精，製作之工，品第之勝，烹點之妙，莫不盛造其極。」對於茶藝的重視與講究，把它精緻化、藝術化，在當時確實是登峰造極，推到一個頂點，這是茶業精緻化的浪漫。

西方過情人節流行送玫瑰花、巧克力，象徵堅貞不渝、甜蜜的愛情。而在東方，茶歷來是「純潔、堅定、多子多福」的象徵，古時候也經常被當成傳統情人節的禮物，因為茶也是愛情堅貞的象徵。

宋代《品茶錄》中記載：「種茶必下子，若移植則不復生子，故俗聘婦，必以茶為禮。」結婚習俗中以茶為聘禮，意謂明媒正娶。因為大家有「茶不移本，植必生子」的意象表徵，所以當時結婚時會以茶為識，以茶為禮，有百年好合始終如一的意思。茶樹多籽，可象徵子孫綿延繁盛；又茶樹四季常青，以茶行聘寓意愛情永世常青。這一習俗大概在明代之前就已經形成，是茶葉在傳統愛情裡的浪漫。

浪漫，是人生不可缺少的一種情感體驗，也是一種從日常生活中逸脫的感覺，它不是藝術家的專利。每個人對於浪漫的定義皆不相同，但大部分都來自於出其不意的驚喜及意想不到的狀況。受到幾千年文化的薰陶，茶文化「浪漫」的含義著重體現於精神的自由及隱逸思想上。文人雅士飲茶富有詩意，充滿感性氣氛；尋常人家飲茶富有誠意，充滿待客之道。這種茶文化的浪漫，展現的是對生命的真情流露。

茶不經意跌入人間之後，在杯中召喚沸水，舒展、綻放、表現自己，靜待知己者造訪。一位專業事茶人的素養，需關照到每一細節；一場完美的茶席，希望入席茶友品飲好茶的同時，也能閱讀到茶人的素養。品嘗每一道茶湯的表現，也品嘗茶人背後的真誠與用心。茶人除了具備茶葉相關知識，分享專業之餘，也傳遞了生活藝術層面的美學價值。是科學也是哲學，也可以視為二者略帶浪漫的相遇。

浪漫，就是隨遇而安的人生態度。

浪漫，就是用愛來灌溉心靈的苗圃。

只要肯用心，浪漫無處不在。喝茶也是一樣哦！

品茶小知識

**黑茶：**

粗大黑褐、陳香醇厚，屬後（全）發酵茶。將殺青、揉捻後的茶葉，在具有相當濕度和溫度的環境下，進行長時間堆積，使茶葉產生一系列的濕熱化學反應，令茶葉作非酵素性的氧化作用，形成黑茶的品質。因主供邊疆少數民族消費，亦稱邊銷茶。

知名黑茶：雲南普洱茶、安化黑茶（三尖、三磚、一花卷）、六堡茶等。

## 七、品茗靜心不是消極而是預作積極

一杯茶品人生沉浮，平常心造萬年世界。

喝茶是風雅之事，品茗是人文的內涵與舒適自然的表徵，不應成為華麗的偽裝。有時候我們與「懂茶」的人對飲，會有一種壓力存在，覺得格外累人，因為花太多時間在談論茶的心得，過於講究茶道的形式，反而容易忘記品茶最根本的意義。

品飲茗茶強調靜心，希望塑造出寧靜祥和、閒適愉悅的環境氛圍，讓一起分享的茶友都能專注在品飲的表現，感受到茶的美好，期待能表現出對幸福未來生活的追求，呈現共通的美學精神和人文關懷。

俗話說：「火要虛，人要實」，或許有人喜歡「但聞花香，不談悲喜，喝茶讀書，不爭朝夕。」但我總覺得這樣太過消極。靜心修練不單是與世無爭，而是修習「不再固執己見，轉而以輕鬆的態度去面對人生。」透過茶席間的沉澱，暫時卸下各種武裝，靜下心來品飲。希望帶給人「洗滌蒙塵的感官之後，重拾對世間萬物的敏銳度。」的體驗。所以品茗靜心不是消極而是預做積極：儲備能量蓄勢待發，看似消極實為積極。

或許我們無法像禪修人士那樣擁有「茶禪一味，恩怨全消；靜坐片刻，煩惱立斷。」的修為和功力，但我們至少可以在平凡中預做積極。選擇平凡的真義是有能力不凡卻選擇平凡，絕非因為沒有能力而自甘墮落。縱使選擇平凡也要認真過日子，不爭不奪是一回事，但絕不能允許自己渾渾噩噩、懶懶散散。當然這也是一種選擇，但習慣懶散後，人會變得不想思考、不肯積極、拒絕辛苦。

有時候，我們會羨慕週遭有成就的朋友，忌妒那些成功人士。當我們仔細探究，就會發現這些在不同領域中走出康莊大道的人，都有幾個共同點：在享受成就之前他們幾乎都經歷過非常煎熬的低潮。這段期間的痛苦和困頓是旁人無法體會的，大部分深陷其中的人都會選擇放棄，少數仍然堅持下去的人才能破繭而出，享受後面的成就感。大多數人都忽略了一件事——「人生的精彩都是拚來的」，成功的人或許就是比旁人多一點堅持，多一點熱情，也多了一點積極，不會輕易否定自己。

人生，猶如一杯茶。不會苦澀一輩子，但會苦澀一陣子；若沒有一開始短暫的苦，通常也感受不到未來的甜。生活本來就是酸甜苦辣鹹五味俱全，如何調出自己喜歡的味道，就是每個人自身的責任。調味過程或許百般辛苦，如果能享受這種過程，苦其心志勞其筋骨，終將蛻變為積極人生。終日沉浸於辛酸中自怨自艾，人生也會變得艱難。

有人說：人生就像一場旅行，重要的不是目的地，而是沿途的風景，和看風景的心情。就像旅人強調的「目的地不是重點，重要的是旅程體驗」。很多事情的過程遠比結果重要，喝茶品茗也是一樣的道理。

人生如茶，生活似水。水能讓茶由苦變甘甜，不經苦何來甘甜；一念苦一念甜，轉個念希望在眼前。

茶湯緩緩入喉，思緒漸漸沉澱。淡然一顆心，從容一切行。

品茶小知識

**紅茶：**

香高、色艷、味濃，葉紅湯紅，滋味濃厚甘醇，屬全發酵茶。茶菁採摘後經室內萎凋或熱風散失水分，再經由揉捻過程使葉片細胞劇烈損傷且將茶汁覆於葉表，使茶多酚與多酚氧化酵素進行反應，揉捻過程中茶葉也藉由外力使其捲曲成型。此時發酵令葉片完全變紅，產生良好紅茶品質。分為小種紅茶、工夫紅茶、紅碎茶、紅磚茶。

知名紅茶：祁紅、滇紅、金駿眉、銀駿眉、台灣紅玉、紅韻等。

# 八、簡單．不簡單

一場十分鐘的簡報，報告者做了120張投影片，你覺得是為了呈現完整資料？還是沒能抓到重點？

同樣的研習開場，第一天長官說了三十分鐘，第二天另一位長官開場只說了五分鐘，你覺得誰比較有說服力？

莎士比亞曾說：「最深刻的真理，是最簡單和最簡樸的。」

簡單，是一種有別於繁複的不蔓不枝、清爽俐落；簡單，是從赤子之心為基礎放眼觀照萬事萬物，進而投射出的單一與純粹。這也是茶禪強調的精神，茶道講究的素養，就是把一件簡單的事情做到極致。

喝茶自古以來還講究一個「清」字。清有去毒、去火、去脂的功能，讓身體清除不好之物，疏通經絡，清通身體的感覺。這是減法的概念，把不好的修掉，保留簡單來讓自己保持清醒。

簡單也是一種美。國際上不少聲名顯赫的商業品牌，如蘋果、宜家家居（IKEA）、無印良品和平價時尚品牌UNIQLO等，都不約而同的表達出同一個概念——簡約和樸實。這種強調簡樸的美學概念和日本茶道中所謂的「侘寂」（わびさび，Wabi-Sabi）非常契合。整體的哲學概念是讓生活回歸單純、質樸、真心的部分，簡單的純粹更能提高品飲時各種感官的敏銳度，感受到喝茶的美好；並將款待客人的心意慢慢注入茶水之中，呈現出茶道「美」學。

「簡單」看似容易，其實一點都不簡單。簡單不是指做簡單的事，而是去蕪存菁，化繁為簡，讓我們更加專注。要做到這樣確實不是件容易的事。

現代人的資訊太多、選擇太多，欲望太多、誘惑也太多，生活也在不知不覺中複雜了起來。很多事情東沾一點、西碰一下，猶豫著無法下決定，無形中浪費了很多寶貴的時間，最終一事無成。猶如在杯觥交錯的應酬場合，在一次次、一桌桌的敬酒之後，雖然換回一大疊名片，事後卻根本想不起對方到底是誰。回想起應酬時大家稱兄道弟，彼此阿諛奉承、熱絡到不行，清醒之後總有一種說不出的錯亂感。

生活簡單就迷人，人心簡單就幸福；簡單看似平淡卻長久，回歸單純方能成就美好。「簡單」看似容易，做起來還真不容易，要學會簡單的歷程其實就很「不簡單」。

一個人之所以沒有敵人，或許不是因為他很強，而是因為他很「簡單」。台灣股王大立光執行長林恩平，他的簡單管理學是企業界標竿，也是老闆們學習的典範。不僅生活簡單，管理風格也簡單。他很少長篇大論對員工訓話，不喜歡花太多時間開會，連手機與電腦都很少用。自從父親手中接下經營棒子，擔任執行長以來，大立光各廠的會議室一間間減少，因為他情願把空間用來擺機台。廠務上如果有問題，直接拉人到生產線上討論，能夠當場解決就解決。開法說會時，回答簡單扼要，對公司前景實事求是，從未有浮誇之言。股王的簡單經營哲學可不是蓋的，因為積極的簡單確實能使人強大。

簡單喝茶，自然而然。泡一杯清茶，靜坐窗前，聞著淡淡的茶香，欣賞著茶的舞姿，偷得浮生半日閒，塵世的紛囂盡可暫拋腦後，只管去享受那份難得的閒情。做一個簡單的人，無關天賦，也無關能力，而是一種選擇。

簡單．不簡單！

品茶小知識

**雙杯品茗文化：**

雙杯品茗法始於台灣，大約在八〇年代成形，是一種風格獨特的泡茶品茗方式。泡茶時講究品飲者使用兩只茶杯，高矮杯各一。高杯作為品香使用，又稱「聞香杯」；矮杯作為品飲茶湯使用，又稱「入口杯」或「就口杯」。

泡茶時先將茶湯注入聞香杯，之後再將茶湯從聞香杯倒入就口杯，然後可拿起高杯品聞茶香，再以低杯喝茶湯。是一種適合輕度發酵茶的品飲方式，也是台灣壺泡文化發展出的創意之一。

泡茶者只接觸高杯，也比較衛生。九〇年代開始在日本、韓國、大陸、香港等東亞一帶的烏龍茶愛好者之間流行。

# 九、人生如茶

常聽人言道：「人生如茶」，想想確有幾分道理。苦盡甘來的茶湯耐人尋味，像是訴說著人生歷程不如意十之八九，難免幾經波折遇到低潮，但當你嚐盡各種苦果後總能否極泰來，甘亦自來。

有人喜歡看茶葉在沸水中浮沉舒展，回顧自己社會歷練的種種，起落間喚醒了曾經的風光和那些不堪回首的尷尬片刻。茶葉浮沉和人生起落猶如時空膠囊巧妙串聯，似乎提醒著茶客們要拿得起、也要放得下。沉時要坦然，懂得沉潛；浮時要淡然，切莫得意忘形。

作家劉墉說：「一個失意人，能在一群得意人間談笑風生、略無慚色，才是有骨氣；一個得意人，能在一群失意的朋友間，讓人想不到他的得意，才是會做人。」人生最寶貴的就是在起起伏伏中保持一顆平常心。當跌宕歸於平靜時，我們才會真正懂得：

失意是一種歷練，巔峰是一種成長。所以，人生的坎坷艱辛，就如這杯中茶葉，經滾燙熱水浸泡，浮時莫驕莫躁守住本心，沉時不屈不撓莫忘初心，這才是生命的真諦。

人生像一杯茶，不會苦一輩子，但總會苦一陣子，沒有開始的苦，就沒有後來的甜。既然如此，何必去刻意拒絕「苦」？這樣不就等於也婉拒了未來的「甜」嗎？既然我們都知道攀登得愈高，走過的荊棘就愈多，茶隱約提醒我們：與其憂傷地接受，不如快樂地迎接。兩種姿態，兩種人生，你的人生你做主。

人生如茶，日久見茶心。同樣一杯茶，儒家看到的是禮，道家看到的是氣，佛家看到的是禪，商家看到的是利，農家看到的是津，你看到的又是什麼呢？茶說得簡單些，就是一杯茶葉加水，你想什麼，什麼就是你。心即茶，茶即心！

君子之交淡如水，真正知心之交淡而有味，不一定常在一起，卻互相懂得。朋友似茶，淡而悠長，久而彌香。樹葉落入水中，改變了水的味道，從此有了茶；就像人生旅途中遇見了知己，從此生活中便增添了一味，友誼也讓生活日漸甘醇。真正的好朋友和茶一樣，總是清淡爽口，不會影響你的感覺，隨時喝都會回甘。一杯好茶需要掌握好溫度，像極了朋友之間的拿捏，掌握在分寸內的關心，才是對朋友最大的支持。

一杯淡淡的清茶，就像摯友，總是在你需要的時候出現替你解渴；在你疲憊的時候，總是送來溫暖，給你微笑打氣，而且風雨無阻。正因為是淡而有味，才能長久，彼此心中有了淡淡的牽掛，偶然的問候才顯得格外的珍貴。

友情不能用金錢來衡量，朋友用心便是真，好茶也未必貴，適口就好。只有用心泡出的茶，才是最適合自己的，一位如茶的朋友，只要你真心對待，他也永遠會相伴在旁。

水是沸的，心是靜的；緩緩啜飲一杯茶，品的是人生滋味。

注水，熱氣旋如山嵐；茶香，清幽飄逸而來。

烹煮一壺沸騰的茶湯，讓人咀嚼再三，從年輕的熱鬧浮躁到深諳世事、內斂沉著，我們用內在的平靜覆蓋了所有溫度，心裡曾經的壯志豪情已經反覆在口中苦澀回甘。

茶倒七分滿，人留三分情。茶亦人，人亦茶。

## 品茶小知識

**茶季節：**

茶葉依茶樹種類、溫濕度、海拔高度等，會有不同的採摘週期，採收的次數也不一樣。以台灣而言，依照季節分為：春茶、夏茶、秋茶、冬茶。每個季節的日照、溫度、濕度及地形造成的微氣候等，皆對茶芽有著不同程度的影響，造就了各季節適合的製程及獨特的香氣及風味

春茶：立春之後立夏之前所採收的茶（約一月到五月初）。

夏茶：立夏之後立秋之前所採收的茶（約五月初到八月初）。

秋茶：立秋之後立冬之前所採收的茶（約八月初到十一月初）。

冬茶：立冬之後立春之前所採收的茶（約十一月初到十二月底）。

第二章

# 泡茶養心性，養心性泡好茶

# 十、客倌且慢

曾幾何時，隨著健康意識抬頭，「慢活」已成為一股新潮流下的熱門話題。這是對於不斷加速的現代生活，產生出的一種對抗和自覺。既不是一味求快，也非盲目求慢，而是在快與慢之間，尋求讓自己舒適並能與生命自然平衡的規律，用正確的速度過生活。所以美學大師蔣勳說：「讓速度在加快和緩慢之間有平衡感，才有欣賞生命的可能」。

慢活精神並非著重於將動作放慢、讓生活變得悠閒，這樣的解釋過於消極。我認為慢活應該是增加自我的深度，找到內心的平靜，與生命的片刻合而為一。期盼能夠掌握自己的生活節奏，不管在任何情況之下都能調整自身步調，讓身心保持在穩定的狀態。

這才是積極的慢活精神，不是奢華或慵懶的比拼，也並非將所有的東西全數拋棄；慢活並不只是留下生存所需的最少物品，而是整理出滿足我們身心靈的珍貴清單。

慢，更多時候是一種心境，一種生活態度。像陶淵明說的：「結廬在人境，而無車馬喧，問君何能爾，心遠地自偏。」正是反映出慢的生活觀和面對生命的態度。

慢，讓人的心境沉澱，產生必然的反思和反動。

有時候慢一點，心情才跟得上。

知名旅行作家藍白拖說：「慢，不是懶惰，是一種專注，一種覺察，一種體悟；是把時間留給自己，思考真正想要做的事。」旅行中留下的深刻記憶，都是能觸動五官的人事物，值得用心體會、細細品味。對於畫面、氣味、觸覺、口感和聲音的記憶，都需要時間的醞釀來留下感動。所以旅人們總是說：旅行的速度決定了旅行的深度。

某些時刻慢一些，心靈才跟得上。

慢的心境能讓我們忘卻時間的匆促，專注在身體的感官上，讓身心靈忘我投入當下、融入在地的文化情景中，也就容易開啟五官敏感度，提升感官的解析度。那時我們就會注意到週遭細微的變化，感受前所未有的覺知，發現之前未曾注意到的小細節。這些藏在時間裡的祕密，唯有在放慢步調的時候，心靈才能感受得到。

茶飲也是一樣的道理，因為品茶也可以是一種人生態度。無論是簡約還是豐富，粗放還是精緻，樸素還是華麗，茶的美學是每一個人對人生的詮釋與寫照。

感悟由茶事展開，欣賞由茶物來承載。從茶山、茶園到茶廠、茶坊，再從茶店、茶鋪到茶室、茶館、茶餐廳，乃至茶酒店、茶書院到茶學堂，從古至今，左右一杯茶好壞的關鍵仍然是精神層次的因素。

喝茶的速度也決定了品茶的深度

忙碌的現代人實在沒時間、也沒耐性等待歲月精釀，但是所有的好茶都是慢磨而成，經過漫長的淬鍊才能涵養出好的製茶功夫、好的種茶工序。優質茶、老茶與資深茶人，都有一個共同性：他們都是「時間」的產物，都和歲月有著綿密的關係。時間孕育了茶人，在光陰的洗禮中累積足夠的智慧，用他們各自的品味詮釋出獨具內涵的茶湯，也映照出茶人當下的生命況味。

三五好友聚在一起泡茶，這幾乎是台灣常民文化。坊間常聽到大家開玩笑說：「喝價值三萬的茶（台語三慢：燒水慢、倒茶慢、喝茶慢）」雖然是玩笑話，但這三個「慢」確實代表一種細膩功夫，由此才能把這些藏在時間裡的奧妙發掘出來，而不是在徒勞地消磨時間。

燒開水慢——靜心傾聽也學習等待
倒茶要慢——練習專注也耐心排壓
喝茶要慢——細細嘗茶也品味生命

所以，煮水泡茶、喝茶也是一種品味與沉靜身心的表現。若是你不覺得步驟繁複，可以用嚴肅的態度，將奉茶視為神聖的儀式；如果你覺得喝茶本身就應該是輕鬆的，也不一定要準備各式茶具，無須依照規矩，隨心所欲也可以愉快品茶，因為由心感受的精神才是重點。用一份閒情與浪漫的心品味，或是用一顆正式又嚴謹的心分享都無妨，因為以茶待客、以茶交友，以茶舒心、以茶感受，這就是我們的茶文化。

茶可靜可動，隨心而靜、依情而動，靜與動的對比，好比內斂的東方禪修者和外放的西方舞者之間的邂逅，韻味十足。和慢活理念一樣，在動靜之間尋求最好的節奏，只要舒心感受，終究能在最不經意的瞬間偷走你的心。

我飲故我知，飲茶已從一種消遣行為轉化為一種尋找自我途徑。它是一種飲茶的藝術，也是一種生活禮儀，當然也可以是修身養性的一種方式。累積千年文化根基，蘊藏深厚內涵的茶，值得我們細細品味，客倌且慢啊！

**品茶小知識**

**茶道六君子：**

茶藝或茶道都是鑑賞茶的美感之道，也是一種烹茶品飲的生活藝術。一種是以茶為媒介的生活禮儀，一種則是以茶修身的生活方式。為此，輔助工具是不可或缺的，有六件最常見的唯美泡茶小物是茶席、茶桌上必不可少的，也被稱為茶道六君子。

- 茶筒：是盛放茶藝用品的器皿，也就是茶器筒
- 茶漏：茶漏則於置茶時放在壺口上，以導茶入壺，防止茶葉掉落壺外。
- 茶則：也叫茶勺，茶則為盛茶入壺之用具。
- 茶匙：又稱茶扒，形狀像湯匙故稱茶匙，主要用來將泡過的茶葉從茶壺中取出。
- 茶夾：又稱「茶鑷」茶夾功用與茶匙相同，可將茶渣從壺中挾出，也常有人拿它來挾著茶杯洗杯，防燙又衛生。
- 茶針：以此來保持水流的暢通，尤其是當壺嘴被茶葉堵住的時候用來疏通。

# 十一、什麼是好茶

朋友來喝茶時，總會問這是不是好茶？是不是比賽茶？得到幾個梅花[6]？是不是頭等獎？一斤多少錢？海拔多少？到底什麼是好茶，好茶應該具備什麼樣態與資質，或許也是值得探究的問題。

比賽茶就是好茶嗎？如果每個地方農會都辦比賽，每個山頭都辦比賽，甚至產銷班也可以做評比，那麼全台灣一年應該有上百個冠軍茶，特等、頭等……加總應該也超過上千家。這樣您還會覺得有榮獲獎牌的比賽茶就是好茶嗎？

高海拔就是好茶嗎？一斤超過五千甚至上萬元的茶就是好茶？茶區所處的位置愈高，製茶所需的成本相對昂貴，人工採收不易，種植相對困難，售價也進而相對提高。

註6：比賽茶的品評等級。

我們熟知的大禹嶺、梨山、福壽山等超越二千公尺的茶區售價也因此居高不下。所以高海拔高單價的茶就等於好茶嗎？

關於好茶每個人心中都有自己的一套衡量標準。一般普遍的共識是用「色、香、味」來衡量，也就是：聞香、觀色、嚐滋味。如果一杯茶的色香味都達到一定的水準，就會被認定是一杯好茶。然而每個人對於色香味的喜好有所不同，所以這也是非常「個人化」的評判標準。評定好茶的準則，無關乎好或壞，只有喜歡不喜歡。合你口味的茶，就是好茶，自己喜歡的茶便是好茶，喝了讓人舒心愉悅的就是好茶。

喝茶是件很愜意、能讓身體感官放鬆的事情。心境舒適，才能夠泡一杯好茶；心裡安靜、有了心境，才能品嘗出好茶。海拔再高、售價再貴，就算是專業茶人泡的茶，如果沒有品茶的心境，也品嘗不出茶葉的香氣、滋味、口感。

因此，有人說喝了會讓人「開心」的茶就是好茶，我覺得很有說服力。因為茶湯入喉讓人開心，這樣的茶必能讓自己身體放鬆，讓心自在，讓靈魂清新自然。這樣的放鬆自在心境，反而讓身體感官更加敏銳清醒，感到舒暢，心情大好，所以喝了讓人開心的茶就是好茶。

相反地，如果喝了讓人「傷心」的茶呢？如果有一杯茶喝了能勾起我們心靈深處的意象，觸動身體的記憶，讓人感受到內心的悸動，這樣的茶是有故事的茶，當然也是好茶，所以喝了讓人「傷心」的茶也是好茶。

有些人追求比賽茶的名氣，有些人收藏百年茶號的名茶，有些人則堅持茶的原味。不論喝什麼茶，若過度執著於外在的東西，反而會忽略喝茶的本質。應該將重點放在喝茶過程的享受，以及品茗帶給我們的感受。

所以，「每天都想喝的、價格能接受的、你喜歡的，就是好茶」。

## 品茶小知識

**台灣高山茶：**

泛指在海拔一千公尺以上茶園所產製的茶葉，因位處高山，日照短、溫差大、氣溫偏低、早晚雲霧繚繞水氣籠罩，這些特性致使茶葉在生長的時候，兒茶素分泌較少，大大降低了苦澀味，並且提高了「茶胺酸」和「可溶氮」的成分，讓茶湯更加甘甜。這樣的特性也會讓茶葉生長速度變慢，生成時間拉長也使茶葉更加厚實，內含物質增多，果膠味道豐富，所以當我們品嘗茶湯的時候常伴隨有花果香氣，耐人尋味。

相對的，在海拔一千公尺以下的茶園所產製的茶葉，就稱為的「台灣平地茶」。

# 十二、喝茶就是我的修道院

不知道大家有沒有注意到，日本傳統茶屋都有一個共通特色，就是入口處狹窄低矮。這是為了強調喝茶的當下，大家一視同仁，不分貴賤，一律平等。所有人進入茶屋都要低頭以示謙虛，必須脫下帽冠、佩刀、飾物，將世俗上的階級地位拋在腦後。讓想來喝茶進入茶屋的人，能夠共同享受此刻的寧靜與茶香，品味茶的甘甜，也讓每個來到這裡的人，都能重新省視自己的生命。

現代人資訊來的太快，有太多的誘惑；心太大、選擇太多，以至於難以專注。日本武士道講究「一生懸命」的精神，但是大部分人無法體會這種「一心一意」專注在當下的重要。你可以用最大的心做最小的事嗎？心無旁騖全力以赴，扎扎實實做好小事。這也是品茶想告訴我們的事：專注。

大隱隱於市，當我們靜下心來，在茶湯中品嘗著茶香與甘甜，同時也是品嘗著生活裡的酸甜苦辣，品味複雜人生中的百般滋味。讓茶香引領我們思緒自在飄盪、隨心所欲，茶湯餘韻容易打開心裡的防火牆，進而與自我對話。這樣的自我生活咀嚼，雖然有點含蓄，但在眉頭微蹙時，苦澀也在心裡為之沉澱；大口呼氣時，展望未來前進的目標也逐漸聚集力量。有時不必細說，卻了然於心。在人生無常的當下，茶不只是茶。

離開塵世才能認識自己，方能咀嚼人生百態；遠離塵囂才能回到內在，品味生活的風情萬種。品茶何嘗不是如此，泡一壺好茶，透過靜心過程來引發思考，或回顧與展望，或激發感恩之心，提醒大家飲水思源。如果能夠享受一個人的自在，不受外在干擾，不用在乎與配合他人，這時候的一個人並非孤獨，而是一種心靈上的大自在。因此，喝茶就是我們自己的修道院。

日本茶聖也是美學大師千利休說：「茶道就是要找回清閒之心」只要願意，每個人都可以藉由茶道修心，將休閒活動提昇至精神意識層次，進而不受禮儀所拘束，讓自己靜心清閒。

建築大師安藤忠雄曾說：「建築真正的價值，在於聯繫起聚集在此的人心，刻畫出感動。」茶，似乎也是如此，讓參與茶會的人心有所感，靜心專注於茶飲品味。在苦、澀、甘、甜中品嚐出一種淡定的人生，一種釋懷的人生，一種笑看風輕雲淡的人生，這些生活上的小事或許正是人生修練中的大事。

無論是一斤幾萬元的上等茶，還是一包幾塊錢的茶包，都是來自於農民辛苦地栽種，經過繁複的工作程序，被包裝後歷經長途跋涉來到我們面前。雖然評等、價格有所區別，但是投入的態度與靈魂體驗並無貴賤之別。

少說一句閒話，多喝一杯好茶。只用單純的心，做好當下該做的事，活好當下想過的生活，全神貫注，就會找到該用心的地方。

品茶小知識

## 泡茶三要素

每個人喜好的口味、沖泡方式及技術不同，泡出來的茶湯自然也就不一樣。想要泡出一壺好茶，除了要有適當的茶葉與茶具外，另外還有三個關鍵要素：「茶量、溫度、時間」。

如果能適當掌握這三個要素，一般來說都可以泡出一杯理想的好茶。

⊙茶量：是指投茶量。一般而言茶水比例大約為1：30，再依個人喜好增減。

⊙溫度：是指用適當溫度的熱開水沖泡茶葉。依發酵程度、烘焙輕重、揉捻緊鬆、茶菁老嫩長短等因素來決定，茶葉愈嫩愈綠，水溫就應該愈低。

⊙時間：是指茶葉浸泡到適當的濃度時倒出。茶葉浸泡的時間過短，茶味淡薄香氣不足。若時間過長，則茶味苦澀香氣全無。以高山烏龍為例：第一泡約50～60秒左右即可出湯，後續沖泡每次約可增加10秒，可依個人喜好增減。

# 十三、被討厭的勇氣——做好自己

從採茶開始，我們只挑選茶樹末端最嫩的幾片新葉，來到製茶過程繁瑣的茶廠製成茶葉，這些茶葉可以說是從競爭激烈中脫穎而出的尊貴嬌客。最後進入市場，還得面臨消費者的篩選和品評，任由茶人和愛茶者恣意比較、評價。若是參加茶葉比賽，更得學會面對在激烈競爭中被淘汰的無情現實。

在文人雅士眼裡，茶葉猶如林中君子，採摘前就像深山中出世修行的隱士，無花自芳；採摘後則像入世的修煉者，必須隨時面對比較與評價，得磨練出大氣度，接受被嫌棄的挑戰，擁有被討厭的勇氣。

人生最難放下的，其實不是年齡或身段，而是自我的執見。

當被別人誤會、批評或討厭時，心裡難免難過、在意，想去解釋，覺得這中間一定有誤會，以為辯明清白後就能化解分歧。可是往往會發現，有些人不是不懂，而是根本不想去了解，因為他心裡只有自己，只要不遵照他的意思做，對方就會覺得是你在找理由、找藉口。說得坦白點，就是不懂得尊重別人。這樣的情況在自我意識不斷抬頭，科技進步、社群軟體蓬勃發展的現今社會更是嚴重。如何與多元的聲音共存，擁有被討厭的勇氣，也變成我們自我成長和人生修煉的重要課題。

人，可以說是週遭事物中最難處理的一環。常言道：「做人遠比做事難」生活中，總會遇到莫名其妙的事，也會遇到令人火冒三丈的人。當看到討厭的人，你會恨不得離他愈遠愈好，但是這樣的做法還是偏向消極，鴕鳥心態不但無法解決問題，往往還讓我們更加痛苦。有時候愈不想看到的人卻愈有機會遇到，猶如「莫非定律」（Murphy's Law）一般。這些人通常是組織內的同事或是生活周遭相關的人，不但無法避而不見，甚至還會經常碰面，愈在意反而愈凸顯雙方的不合。

若要超群出眾，就一定會受到批評，我們能做的，就是趁早習慣吧！

做愈多事、聚焦愈多，成就也愈多，但伴隨而來的批評自然也愈多。有人的地方就有是非，有人的組織就有八卦。既然忌妒、眼紅、比較都是人性之一，無法剷除也沒法消滅，就只好擁抱它了。

台灣物流教父徐重仁曾言：「人生有如搭火車，中途會經過許多車站，有時會進入隧道，面臨黑暗或逆境。但是出了隧道，就會柳暗花明，有新的機會。」我們無法避免黑暗，只好共存；我們總會碰到逆境，只好面對。

能與討厭的人共事，是一種專業！

能放下成見與人合作，更是高度專業！

朋友可以選擇，但是同事卻不行，在職場上為了工作需要，我們得跟不同的對象合作。不論心甘情願或心存厭惡，我們都得全力以赴，這也是專業人士必備的一個重要素養。為了任務與目標，我們都必須放下喜好與必要的人合作，這樣的素養也是現在企業人才高度需要的，專業就必須具備這樣的高EQ。萬一討厭的人是你的老闆或是客戶呢？你有可能避而不見嗎？

這樣的素養看似容易，卻是大多數人都做不到的。知易行難，擁抱敵人需要廣大的胸懷氣度，如同接受被討厭需要莫大的勇氣。面對批評與忌妒，與其抱怨，不如做好自己。成功有時候不一定要學習典範，真實做好自己，做到最好就會達到。

「建議」可以讓我們更加看清楚自己，「批評」可以讓我們更加看清楚對方。

面對批評，擁有被討厭的勇氣，你會發現柳暗花明又一村，心中的積怨自然消散。

此時泡一杯茶就能品生活的香，以茶為師，不失生活中的好味道。

品茶小知識

## 第一泡茶要不要倒掉？

我們常聽說第一泡的茶湯要倒掉，並藉此洗掉茶業內含農藥或其他化學物質，不過農委會茶改場已經闢謠。因為現在茶農禁止使用「水溶性」農藥，只能使用「脂溶性藥劑」，也就是說農藥極難從茶葉表面溶出至茶湯中。

只要茶葉的品質好，其實第一泡是不必倒掉的，不但沒農藥還可以喝下更多營養。一般而言，建議經過溫潤泡的手法，將熱水蓋過茶葉輕輕晃動茶壺，潤過5秒後把茶湯倒出、喚醒茶葉，就能準備開始你的第一泡茶了。

# 十四、其實你沒那麼重要

二位好友遠從屏東故鄉來訪，飯後很自然地請友人上茶桌來杯好茶，並分享這包茶的故事、茶農的奮鬥歷程……。與朋友一起分享、共飲好茶著實是一件愉快的事。

隨著品茶氣氛漸佳，話匣子逐漸打開，進入人生空巢期的我們總免不了要感嘆時光飛逝，期待未來把握當下。其中一位朋友說到自己女兒即將出嫁，他和女兒討論後決定婚禮從簡。此時他突然話鋒一轉，坦言為了不勞師動眾，這次只邀請親朋好友出席婚禮。我與另一位友人都非常贊成這樣的觀點，簡單而隆重的婚禮，把焦點放在新人身上，不用為了面子拚排場。殊不知最後他對著我說：「所以你們我都不寄喜帖了」。

霎那間，我訝異地頓了一下，或許說是難過了一下更為貼切。原本理所當然地以為自己是對方規劃中「親朋好友」的一分子，沒想到竟是名單之外。原來，我總自以為是，誤以為自己很重要，實際上在他人心目中原來「自己沒那麼重要」。朋友離開後，這小小的震撼久久無法褪去，它不斷提醒、也教會我一件事：「其實你沒那麼重要」。

人總是會以為自己很重要，殊不知無論少了誰，這世界都照樣不停地運轉著。因為覺得自己很重要，有時候會不小心把自己放在世界的中心，以為世界繞著自己打轉，以為世界沒有自己不行，然後忘記看看別人真實的處境、忘記給別人舞台與機會、忘記把自己蹲低、忘記其實自己也只不過是世界上眾多存在的其中之一。

這兩位朋友其實是學生時代的同學，我們都很慶幸畢業多年之後，還能定期召集大家一起聯誼聚會，或許因為自己是當中的靈魂人物，也是同學間的召集人，大概就是這些原因，讓自己誤以為在同學之間有一種無可取代的重要性。我應該要感謝這位朋友，他除了讓我驚醒，也讓我省思在職場、朋友圈、社團裡自己是否也存在著這樣的大頭症。是否自己在其他場域裡無形中也背負了很多的責任、懷著過大的夢想，以為自己很重要。

這也讓我想起多年前，有一位朋友任職於一所小學校，他的能力備受肯定，加上思慮清晰、辯才無礙，除了自己獲獎無數外，指導學生參加的各項比賽幾乎是攻無不克，無論是動態的籃球、巧固球，還是靜態的演說、朗讀、作文、寫字等，甚至是民俗性的舞龍、舞獅、扯鈴、陀螺，到音樂性的合唱、直笛都屢獲佳績。他為自己也為學校爭取了無數的榮耀，也在這裡從老師、組長一路升到主任，提到這所學校，很多人聯想到的不是校長而是這位主任。這位朋友原本主觀意識就很強烈，這些光環也讓他更加自負、不可一世。

有一年學校換了新校長，或許是個性上的差異，校長和這位主任之間不斷發生摩擦，也逐漸心生嫌隙，彼此都無法互相信任。本來應該是互相合作成為團隊的他們，日漸變成敵對關係。這位主任開始對外放話，除了數落主管的不是，也強調自己在學校的重要性，不斷重申如果哪天調走學校就會一落千丈，看校長怎麼辦？大家也都等著看好戲。隔年，他果然請調他校，結果原本的學校不但照樣運轉，還發展出其他特色，照樣獲得不少獎項……。

這件事絕非特例，我們可以對自己有深刻的期許，但說穿了那還是個人的事情；或許我們曾經擁有輝煌亮麗的成就，但世界終究不會繞著自己打轉。或許是因為每個人都是獨立的個體，每個人都是世界上獨一無二的存在，所以我們才會一直覺得自己是很重要的，卻從來沒有意識到這個世界，不會以個人為軸心，從不會因為缺少了你而停止運轉。就算我們突然離開了地球，世界依舊會照常運作，太陽還是一樣東升西落，即使是身邊的人終究還是會回到熟悉的軌道，把曾經的過去逐漸遺忘。

所以，你或許重要，但你絕對沒那麼重要。這就難怪愈來愈多老闆在管理上，看重的不是個人的專業能力，而是關注團隊表現。不論能力多強，在工作上績效多好，一個人都不是不可取代的。

我們或許重要，但絕對沒有想像中得那麼重要，我們的存在的分量也遠沒有自以為的那麼重。如果可以認知這點，接受自己的渺小與細微，也就能更加謙卑、更加放開心胸、更加珍惜每一次的緣分，看開每一次的失落，接受每一次的不如意。然而，要認清自己沒那麼重要，降低自我的存在感，是需要勇氣、需要承受隨之而來的痛苦與失望，才能開始重新認知自己，使內心變得更強大，生活更加踏實。

感謝這位朋友喚醒我與自我的對話，讓我覺知到大多數人們的存在感是來自於他人對自己表現的關注，源於虛假的自我心理滿足，而非真正的自我認可。謙卑的人，或許才更會被人注視，才能走得更遠。

品茶小知識

**好茶三要素：**

一道美食佳餚講究的是色、香、味俱全，好茶也是一樣的道理。雖然茶是嗜好性的飲料，每個人對於美與好的標準不盡相同，一般來說，我們能透過三個方式來鑑定一杯茶的好壞，那就是聞香、觀色、嘗味。也就是說，如果一杯茶的色香味都達到一定的水準，就可以認定這是一杯好茶。

⊙色：鑑賞茶葉外觀與茶湯顏色。好茶湯晶瑩剔透，色澤鮮明。

⊙香：用香氣來形容環境濕度、海拔高度或茶葉品質的變化，是茶的特殊表現。每個茶種的香氣特性各異，但聞起來香不香、舒不舒服、香氣是濃是淡、是否調和，這幾個要項是給我們最直接的感受。

⊙味：茶的種類不同，味道特徵也不一樣，但品飲時茶湯的清爽滋味、鮮甜味、苦澀味是否融洽，影響了品飲的茶韻。

總結一句：茶是用來喝的，不是用來看的，試茶還是以沖泡後的茶湯香味與滋味做最後判斷為佳。

# 十五、喝茶開啟獨處與自我對話

茶，不只是舌尖上的水珠，也是東方人永遠的珍珠。每滴茶湯都蘊含高山、雲霧和森林的風味，都有各自的生命與故事，恰如每位老茶友心中都有述說不完的老茶故事，以及那早已深入心底的一口芳香與韻味。我常在想，為何那麼多人對茶愛不釋手？除了茶本身獨特的保健功效外，更重要的是當我們沉浸其中，心情會自然地感到安靜舒適而放鬆，隨之卸下武裝、解除外在的光環和壓力，同時也開啟了自我對話的契機，讓我們有機會更加認清自我，進而遇見了更好的自己。

大家都想要過好自己的小日子，但忙碌的現代人早已被生活制服，在忙亂下壓得喘不過氣已屬日常，身心的不平衡，不只引病上身，工作上也容易遇到瓶頸。找個空檔喝杯茶，稍微讓自己的腳步有機會停歇，釋放心靈來獲得短暫的休息時光。感受香氣隨著空氣溫度產生不同的層次變化，讓心情隨著茶湯滑順而下，逐漸沉澱而歸於平靜。暫時拋開忙碌生活與自己來一場約會，溫柔地傾聽心裡的聲音，在深度的自我對話後，你將會發現不同的視野。

我們太容易過度關注外界的紛繁和嘈雜，而忘了簡單的美好，忽略了自己的靈魂，疏於與自我對話、談心。如果捨得每天「浪費」一點時間，用來喝茶、用來獨處、用來跟自己溝通，這不也是一種浪漫嗎？品茶是一種連接內在的最好媒介，在泡茶、飲茶的過程中，尋找一種與自我對話的方式，探究內心世界的真我。

茶，本性如此，不會一次就讓你驚艷不已、欲罷不能，而是以其柔和有底蘊的魅力逐漸吸引你。靜待時間煮水、泡茶、冥思，在這樣的過程中使心平靜下來，那股向內延伸的力量會引領我們去解讀生活，檢視內在的自己，聆聽內心深處的對話。所以喜歡品茶，對茶稍微講究一點，甚至是身不離茶、有茶癮的人，通常也是對生活一往情深的人。

烹煮一壺茶，聽茶聲，解茶語，再品那茶的滋味，一定更能心領神會吧！

一個人喝茶獨處時，思緒可以隨著沸騰的水氣自由流竄而不受外在環境干擾，跳開自己固有的思考模式，使想法更有彈性，有助於創造力的發揮。走出慣性思維和舒適圈，當我們迷惘時才會放下主觀趨向客觀，學會利用身體感官去嘗試，打開心胸接受發生在人生道路上的一切。研究顯示，獨處和自我對話可以平復壓力所帶來的焦慮，在心理學上對於自我維持是有幫助的，偶爾自發性地獨處，讓自己稍微與社會脫離，或降低對感覺的刺激，有助於重建情緒的和諧。

美學大師蔣勳曾說：「當你可以和自己對話，你便不會再感到孤獨，當你不能這麼做時，你跑得愈快，孤獨追得愈緊。」試著找一段時間獨處，跟自己「虛度」一段時光，除了可以省察內心，也給心靈一個喘息時間，累積生活的能量。

心靜了，才能聽見自己的心聲，心清了，才能照見萬物的本性。從飲茶的平淡中感悟生命，用深度對話的方式去調節心態，尋找更加睿智的處世方式，找到更和諧、平衡、安穩的心態去面對周遭的人事物。

茶的濃厚文化底蘊，要在行茶中才能體會，於喝茶品茗中感悟生命的意義，沉澱出更有智慧的處世方式，這都是為了遇見一個更好的自己。

好茶讓人忘記現實，所以即便再忙也要捨得浪費一點時間用來獨處，用來喝茶。

品茶小知識

## 茶葉怎麼存放

眾所周知，茶葉具有吸濕性、吸味性和陳化性，品質與味道容易受到外在環境所影響，最怕濕氣和光線。極易吸收異味，在高溫高濕的情況下，會加劇茶葉內養分的變化，從而降低茶葉的品質。不論什麼茶種，為了能喝到好茶，都應該採取妥善的保藏方法。

**【防潮濕】**：茶葉成品經烘烤加工，含水量約從75％急速降低至約5％左右，自身含水量低，吸濕性強，受潮之後很容易發霉變質。因此，儲存茶葉的容器要放在室內乾燥的地方。

**【防曝曬】**：太陽光直接曝曬會影響茶葉的外形與內質，造成質量下降，因此儲存茶葉的地方不宜有陽光。放置於強光下太久，也會破壞葉綠素，使得茶葉顏色枯黃發暗，品質變壞，還會產生異味難以飲用。如果茶葉受潮，可用文火烘烤，而不可放在陽光下曝曬。

**【防串味】**：茶葉千萬不要與有異味的物品混放，因為和這些物品放在一起，容易串味，導致茶葉質量下降，甚至失去飲用價值。

茶葉的儲存關鍵是防潮、密封、防壓、避光、防異味。盡可能存放於陰涼通風乾燥之處即可。

# 十六、口頭禪人人會說，心頭道個個難修

一日，我邀請幾位愛茶的同好前來喝茶，當時正適逢激烈的選戰前夕，雖然我們早已約定不評論政治與宗教，但難免還是有人憂心忡忡，對時下社會現況有所不滿。在茶喝到一半時，果然有朋友開始談論起時下火熱的政治議題，眼看不同立場的對峙態勢一觸即發，身為東道主的我開口問了個問題：

有三隻青蛙一起在岸邊聊天，其中一隻開口告訴其他兩位玩伴說：「我決定跳到河裡」請問岸上還有幾隻青蛙？

有人說兩隻，因為三隻跳了一隻，所以剩下兩隻。

旁邊的說一隻，因為另一隻也跟著跳下去了。

對面的說沒了，因為最後一隻也跳了……。

答案不是兩隻，也不是一隻……。

是三隻！

因為「決定要跳」和「真的跳」是二回事。

這世界上最簡單的二件事就是「批評」與「放棄」。知易行難，道理人人會說，但能否身體力行又是另外一回事，正確來說應該是絕大部分的人都做不到，因為「口頭禪」人人會說，「心頭道」個個難修。就像台灣的電視評論節目一樣：往往只有消極批評，沒有積極具體建議；只有短視的負面謾罵，缺乏長遠的眼光和規劃。說不等於做，光說不練就好比古代清談，我們可以把這些當成是一場脫口秀，不必太認真。

「誦經不如解經，解經不如行經。」是經典教導我們修行的方法，知道方法、熟悉方法，還要一步一步確實的去做，才能得到修行的利益。如果在日常生活、工作之間，還是跟以前一樣，動不動就怨天尤人、牢騷滿腹，那表示修行只做了表面功夫，對於修正自己的習氣、行為和觀念都沒有絲毫的益處。

多年前，在屏東老家對面住著一位歐巴桑，她是非常虔誠的宗教信徒，終年茹素，還在家裡二樓設置佛堂，在推廣信仰上也是不遺餘力。可是整條路的街坊鄰居提起她時莫不搖頭嘆氣，左鄰右舍談及她更是氣憤有加，幾乎方圓幾十公尺的住戶都與她有過爭執，還願意和她說話的大概只剩下我的母親。

歐巴桑雖然天天禮佛，但是脾氣火爆動不動就生氣，總覺得自己是對的，不但聽不進別人的話，還會罵人來激怒對方，往往演變成吵架鬧劇。雖然她常去道場上課聽經講道，可是這麼多年過去了，結果還是一樣，經常與鄰居鬧得不愉快。從停車問題、門口盆栽的位置、噪音、人品、味道……無一不吵，芝麻般小事也可以引起紛爭，甚至惡言相向，連她的家人也看不下去，紛紛離開搬往別處，最後歐巴桑也無法忍受，只得離開村子。

孟子曰：「人之患，在好為人師」人常會有「自以為是」的通病而不自知，喜歡指責別人的錯誤，總以為自己的智慧、學識比別人高明。好為人師，就容易自滿，不思精益求精，也聽不進別人的話語。以心理學的角度來看，人都有領導別人的欲望。而那些總愛批評別人的人，其實正是表示他們無法擁有真正的安全感，那些負面的言論皆是來自於他們內心的不安。

修行是什麼？「修」的重點應該是修正自己，因為天下無完人，既然沒有完美的人，就表示我們都有缺點，難免有做不好的地方。所以有心的人常常會自我省思，回想自己的身、心、言、行，是否有需要修正改進之處。這部分幾乎每個人都知道，但不知道「修」只是第一步，真正重要的是「行」這個字，也就是「身體力行」的意思，將知道、獲得的領悟，落實在自己的身上。要真的去做，實際的付諸行動，這部分難度很高，相當不簡單。無怪乎王陽明說：「知而不行，是為不知」。

少言是修養，閉嘴是智慧。群處守住嘴，話多錯多是非多；獨處守住心，人少時管住心，妄念妄想痛苦多，自找煩惱。

坐而言不如起而行，踏實地走一步路，勝過說一百句空洞的漂亮話。

品茶小知識

**高山茶開封後怎麼存放：**

茶葉最珍貴之處，在於其獨特的香氣、滋味。如果因為捨不得喝，或是存放不當導致走味，再名貴的茶也會變得一文不值。

台灣高山茶為防止茶葉吸收潮氣和異味，減少光線和溫度的影響，一般都會經過乾燥處理，再加上鋁箔真空包裝，可高度阻絕氣體進入，防潮性佳，更能遮蔽光線，所以可以保存比較久。但是開封後，乾燥的茶葉開始與空氣接觸，更容易吸附外面的濕氣和雜味，茶的香氣滋味仍會隨著時間而逐漸產生變化。

也就是說新鮮茶葉開封後，不管是放在任何容器，都必須盡快使用為佳。因為再好的存放方式也只能延長茶葉的保鮮期，並不能徹底維持茶葉的原始面貌。

為了盡可能維持原來的韻味，保存開封後的茶葉時，應盡量擠出空氣，並將鋁箔袋口摺緊夾好，放置良好位置。

喜歡以容器儲存茶葉者，可以優先選擇沒有金屬異味、氣密度高的錫罐，這也是公認保鮮最佳器皿。

# 十七、保持心靈從容與自在

喜愛喝茶的人總是享受茶湯就口的清香，還有喝茶過程中的那份「舒心」和「自在」。那一瞬間，時光彷彿是靜止似的，讓人暫時跳脫煩雜的現實世界。心情放鬆了，思緒也比較能跳脫平日框架，當心靈從容了、自在了，通常也能化解做人做事所遇到的瓶頸。

人生無常，我們當然不可能永遠在順境之中，那種被侷限在低潮中走不出來的窘境，猶如一道難以跨越的檻。這道無形的檻通常是由內心阻礙所構築起來，在逆境中若能保有自己，放下既定成見，讓自己靜下心處之泰然，使一切歸零重新思考，事情往往會開始出現不一樣的生機。

身處在繁忙工商社會，我們幾乎每一分每一秒都在接受有形或無形的考驗。面對各種壓力挑戰，情緒容易隨之起伏，思緒容易受波動而被限縮，進而激發出負面的想法。

如何勇敢、樂觀、積極，保持熱忱向前邁進，有賴心境的轉化。大環境或許不容易改變，但是小環境卻可以自己創造。只要肯面對現實，思想保持彈性，時常尋求到達終點的不同方法，終能突破障礙，這樣的生活才能自在。唯有自在，才能獲得滿足與快樂，也唯有自在，才能常保心靈自由，找到自己的定位。

茶事，是一種生活美學，也是一種流暢內斂卻又不極度張揚的訓練。接觸茶事等於開啟了一扇生活美學的大門，喜歡接觸茶的人，重視茶湯，講究泡好茶湯的相關器皿、茶席、現場布置氛圍，只要能提升茶湯的美好，其他感官自然也會被打開，逐漸成為一種美感態度和生活美學。當我們對待美的態度延伸到生活之中，便可以用更輕盈的心態去面對生活中的繁雜感，用從容自在的胸懷去迎接工作上的挑戰。

學習喝茶，就是學習心靈從容，練習一種豁達的生活態度，釋放一種從繁雜中解放出來的灑脫，能保持樂觀亦能笑對人生，在奮鬥進取的積極人生觀中保有豁達與超脫。

學習茶事也是在練習以不同角度思考，保有完成目標的彈性空間，打開閉鎖胸襟，開闊視野。讓自己活得從容自由，放大格局，站得高，看得遠。

學習淡定喝茶，也是學習遠離抱怨。抱怨解決不了事情，累積過多負能量只會讓心情不斷堆疊鬱悶，以至於思緒阻塞然後形成負向循環，不但無法解決問題還會令情況更加嚴重。

學習靜心喝茶也是在學習改變心智模式，換位思考。如果我們能喜歡自己所做的每一件事、欣賞自己週遭同事朋友的優點，必能「甘願做，歡喜受」，以更積極投入的心情去面對每一天。

把茶冷眼看紅塵，借茶靜心度春秋。一旦遇到狀況不好的事，不要急著出手，如果能想辦法靜下心，讓自己從容以對，通常會有更好的解決方法，心情也會很不一樣。心常保平靜，靈就有精神，內心從容、自在就可以跳脫思維、藉力使力，扭轉任何棘手的困境。在生活黯淡、深陷泥沼的時刻裡，我們的思緒也凝聚在幽暗的角落；愈想擺脫困難，就愈難脫身。這時候如果能靜下來，用第三者的角度來思考這些困難點，跳脫被鎖死的框架，轉移焦點才會讓我們得到新視野。

讓茶住進你的日子，尋常的美會變得俯拾皆是；在紛亂高壓環境裡，讓這些微小的美好事物妝點我們日常。透過茶，讓心靈既柔軟又堅韌，既靜定又療癒。

一人一杯茶，即是一場美麗的茶席。

享受當下，自在悠然。

品茶小知識

**醒茶：**

醒茶就是把茶葉從沉睡中喚醒。是為了讓塵封的茶葉通過與空氣和水分的接觸甦醒過來，重新煥發出茶葉的本質以便於沖泡飲用的過程。也就是讓茶葉與空氣、水分進一步接觸，打破原本的穩定狀態，排除存放時的不良因素，使其性質變得相對活躍，讓茶葉內含物質能夠穩定析出。其最早概念出現於明代《茶譜》一書：「凡烹茶，先以熱湯洗茶葉，去其塵垢、冷氣，烹之則美。」

醒茶一般分為乾醒和濕醒兩種：

**【乾醒】**

主要用於存放多年的緊壓茶或密封多年的散茶，如陳年普洱、安化黑茶、老白茶等。步驟如下：

一、茶葉解塊：存放多年的茶葉，大都是保存在一個相對封閉的環境裡，時間久了茶會像冬眠一樣沉睡。這時如果馬上品飲就會有種悶陳氣味或者其他異味。所以一開始要先把緊壓的茶葉或老茶餅分解成小塊，讓茶葉充分接觸空氣。解塊時盡量呈現大小適中，保持條索完整的小片狀，如果是散茶則直接放置在空氣中靜置。

二、攤開靜置：將散開的茶葉放置在通風、無異味、無陽光直射的環境中，並將原包裝的棉紙或乾淨的宣紙蓋在解塊後的茶葉上一到三天。倉味過重的茶可以拉長時間，直到茶裡沒有明顯的倉味即可。這樣便可去除因長時間倉儲所產生的塵封味道，並使茶葉和空氣充分接觸氧化，提升茶葉中內含物質的活性。

三、存放茶罐：將靜置後的茶塊，放入透氣、乾燥、無雜味的茶罐中進一步醒茶，讓茶與空氣以緩慢速度接觸，自然地回氣甦醒，進一步去除倉味及雜味，讓其茶性更加穩定。

醒茶時間大致為一至三個月，可依茶種與年分調整。

**【濕醒】**

是將茶葉泡出一至兩道茶湯棄之不飲，以提高茶葉的溫度，去除雜氣，並讓茶葉充分舒展，讓茶味更好地呈現出來。大多數人將其稱為「洗茶」，其實應該稱之為「潤茶」或「醒茶」更為貼切。

一般用於品飲清新茶香和鮮味為主的茶，如烏龍茶、綠茶、生普新茶等。

## 十八、給自己一杯茶的茗想時光——擦亮自信

有一天，知名茶師接到一封決戰信：「你父親是我的仇人，一個月後我會來找你一決雌雄，了結恩怨！」茶師帶著驚嚇與惶恐，去請教禪師。禪師告訴他：「有一個辦法可以救你的命。」

約定的夜晚到了，茶師按照禪師的吩咐，獨自在家擺設茶席，煮水、溫茶、沖泡、品鑒……不急不徐，氣定神閒。突然，一個身著黑色夜行衣的人，從屋頂上跳下來，抽出利劍指向他。只見茶師依然悠閒、若無其事地重複著煮水、溫茶、泡茶、品茶。

隨著時間流逝，黑衣人拿著劍的手漸漸地開始顫抖，茶師卻仍然旁若無人地煮水、沖泡、品茶，手上動作始終沉穩自持，倒入杯中的茶連一滴都沒有灑出去。最後，黑衣人「哐噹」一聲扔下手裡的劍，對著茶師磕頭：「大俠，饒命！」。

面對致命的敵人，依然鎮定自若，氣定神閒，是心裡達到了最清淨的狀態，也是自信的最高境界。這種自信感讓黑衣人誤以為茶師沉著若定，是因為其武學高深。

茶道、禪道、武學之道三者的共通交集之處，正是心靈的清淨。當內心極為清淨，自信便由然心生，禪師深諳此道，故能出謀嚇退敵人。這種寧靜與自信也是茶人所追求的境界。

喝茶是生活的日常，品茗是生活的昇華。品茶品生活，在平時周遭生活中，給自己一杯茶的時光「茗想」，多一些講究，靜心感受，也是一種自我探索。不管外在環境多紛擾，當靜下心來，透過聚香的杯蓋或聞香杯，充分感受茶的香氣：從熱香、中香到冷香，層次分明，喚醒我們的同時更洗滌了心情，也更加了解自己，涵養一個自信的自己。

一個有自信的人通常具備四種特質：「了解自己、喜歡自己、尊重自己、為自己做主。」因為了解自己，所以一個有自信的人很清楚己身的優勢與劣勢，對機會與威脅有正確的認識。因為喜歡自己，對自身的實力、優勢、未來機會有明確的敏銳度和正向積極的肯定。因為尊重自己，所以能察覺內外情勢，分析判斷，表現出對自己決定的認可。因為自己做主，所以相信自己有能力實現既定目標，即使受到阻撓、身處困境，也不輕易放棄目標，堅持原始信念。

自信是一種態度而不是個性。這種態度出自於了解自我的信心，這種信心亦是我們在日常生活裡與職場上非常重要的特質，這種特質會讓自己隨時保持從容自若，讓周圍的人安心，讓跟隨者放心，也是帶領團隊取得成功必須要具備的心理特質。一個真正有自信的人不必藉由別人的鼓勵、掌聲來肯定自己，因為他們知道自己要的是什麼、目標在哪裡、該怎麼做，不會追求別人的肯定。當然也就不在乎外界的眼光，因為他知道自己的優點，也很清楚自己的缺點，更懂得善用自己的優勢，避開自己的劣勢。

然而，一個人的能量終究是有限的，在繁雜工作和生活壓力雙重夾擊之下，能量消耗得特別快，自信心也容易磨損。找個時間空檔，練習沖一杯專屬自己的私房茶，給自己一杯茶的茗想時光，感受行茶時的心手合一，提醒自己也放鬆自己，召喚初心、找回正能量。消化職場的不愉快並享受當下，咀嚼生活細節排除壓力，自省內在拾回那股從容感，也找回自信心並讓它如影隨形。

滿招損，謙受益。當我們志得意滿，自認一切順利的時候，蓄積的能量常會超出飽和，在自我膨脹之下得意忘形。當唯我獨尊、隨心所欲，聽不進旁人勸勉的時候，通常就是危機的開始。工作與生活中，每天留給自己十分鐘，用茶找到生活裡的留白，靜心感受，自然而然地調整自己步調，修正節奏也思考自己是否自信過頭變成了自滿。過度自信使人沉溺於過去的豐功偉業，因過於迷戀往昔，沉醉於過去的掌聲，以致渾然忘我，忘了初衷與活在當下的意義，以至於忽略了展望未來的重要性。

心清，水月現；意定，天無雲。省思能力就像一條自我鞭策的韁繩，隨時提醒自己避免過度膨脹，不要成為他人眼中的「自我感覺良好」。因為，即使天降甘露，也無法流入自滿、傲慢、一直懷著成見的人心中。

每天給自己一個空檔，讓思緒暫離緊迫的壓力，思索面對錯誤的勇氣。有自信的人就是擁有這樣的勇氣，一種可以管理自我恐懼的勇氣。

雖然自信是從容自在的必要態度，但在現實生活中，我們時常被社會主流價值限制了框架，忽略了只有自己最了解自己，只有自己才能掌握自己。我們看雜誌、看傳記、看企業家、政治家成功的故事，卻很少反過頭來看看自己，了解自身的優勢和劣勢在哪裡？更重要的，是要經常自省，別讓自信成為過度自滿或自我感覺良好。

喝口茶，暖身且暖心；喝杯茶，沉澱且沉著。用一杯茶的時間靜心，尋找那份積極卻不著急的自在感，敲醒自我陶醉的迷戀，找回真正的自信。

## 品茶小知識

**泡茶水溫：**

泡茶用水的溫度，對於茶性的發揮至關重要，不同的茶因為發酵程度的差異，泡茶需要的溫度也不盡相同。泡同一種茶，用水的溫度不同，茶湯的色、香、味也不一樣，從茶葉中泡出的化學成分也有差別。溫度過高，會破壞所含的營養成分，茶湯的顏色不鮮明，味道也不醇厚；溫度過低，不能使茶葉中的成分充分溶出，其滋味淡薄，茶湯色澤不美。所以，水溫的掌握，對茶性的展現有重要作用。

根據農委會茶改場的研究顯示：綠茶（碧螺春）以80～90℃熱水優於沸水，文山包種茶以90℃～沸水優於80℃熱水，高山茶及凍頂烏龍茶以沸水沖泡較佳，東方美人茶以80～90℃熱水優於沸水，紅茶以90℃～沸水優於80℃熱水。

根據茶人經驗，適合用沸水泡的茶（100℃）大約如下：

一、烏龍茶（包括台灣高山茶、岩茶、鐵觀音、鳳凰單叢等）

二、緊壓茶（普洱茶餅、白茶餅、沱茶、青磚茶、茯磚茶、安化黑茶等）

三、老茶（老白茶、老普洱茶、老鐵觀音、老六堡茶等）

四、原料較粗的茶（大宗綠茶、黃大茶、等級較低的紅茶等）

適合用溫度稍低[7]的水溫泡的茶（80～90℃）大約如下：

一、較細嫩的綠茶

二、較細嫩的紅茶

三、白茶中的白毫銀針、白牡丹

四、黃茶中的芽茶

---

註7：溫度稍低不是指未煮開的水，而是煮沸後冷卻片刻，溫度稍降的水。

# 第三章

# 以茶會友，不亦樂乎

# 十九、品茗也品心

我們活在一個資訊充沛卻又繁雜混亂的年代。各種參差不齊的資訊藉著網路、手機、平板電腦，入侵我們的生活，襲擊我們的心靈，並試圖操控我們的時間、思緒和目光，這種默默眷養的方式讓人無法抗拒，使我們漸漸習慣沉溺於這些垃圾訊息之中。

大家忙碌且盲目地製造訊息，彼此餵養。這看似能豐富我們的生活，讓人們感受周遭的多采多姿，實際上則完全不然。過多的網路訊息與社群連結，不只無法帶來心靈上的滿足，過多虛虛實實、真假難辨的無謂資訊反倒使我們內心空虛、焦躁，並失去安靜的能力，不敢面對獨處與沉澱，只能不斷追求各種虛幻的事物。

在繁雜的生活中好好品茗，慢慢靜心來喝杯好茶。這般使身心沉澱的歷程就猶如修行一般，透過簡單的調息、慢活來觀照自身，讓心思單純化。人在這時候似乎比較能化繁為簡，卸下外在壓力，讓心靈自由漫步、盡情遨遊，並與內心對話，所以品茶也是品心。個人獨飲能夠享受一個人的自在，不受外在干擾，不用在乎與他人配合，這時候的自己不會孤獨，而是一種心靈上的怡然自得。

如果能夠和朋友一起喝茶，更是一種特別的緣分。一般友人可以藉茶分享，以茶會友；好友可以進而相互以茶清心，以茶談心；志同道合的摯友可以一起以茶靜心，再進而以茶養性。或許我們慧根不足，無法像修行者般以茶為師，達到最終以茶入禪、以茶入道的境界。但如果在喝茶的當下，能讓自己情緒沉澱，心境清明進而對我們有所啟發。此時茶就會像甘露般，一杯就能清心，一杯就能入定。

有一天正下著傾盆大雨，好友來電要來拜訪喝茶。這位朋友資質聰穎、能力過人，平時非常忙碌。在這樣的天氣還登門前來，讓我受寵若驚。我們泡著茶寒暄一番，雖然他故作輕鬆彷彿若無其事，我仍在言談中察覺對方似乎有些心事，但因為知道他是一個愛面子、好勝心極強的人，刻意點破反而會弄巧成拙，也就沒有直說。

拿出聞香杯和特別的高山茶，我邀他一起好好試茶、慢慢品嘗，並刻意放慢砌茶流程和動作，希望彼此專注於品茗。我告訴他：「茶的魅力，不只在於它的口感韻味，更吸引人的地方是把當下的感覺，由形而下的色、香、味，提升到形而上的心靈感受。心情若不能澄靜，是無法品嘗出茶葉真正的韻味，茶湯入喉時感受不到那股高山飄渺的味道、山嵐迎面襲來的從容自若……」

其間，我們專心品茶，並未多說什麼。我向他分享昨天從電子書上看到，知名主持人張小燕所說的一段有意思的話：「不要把自己看得太大，不論是你的沮喪或是驕傲，其實都沒那麼大，你以為全世界都看到了，但其實沒有」他點點頭，沒有對此特別回應。

隔天，我收到他傳來的感謝訊息，彼此盡在不言中。品茗也品心，就更能體會和感受茶湯裡的「韻」和「蘊」。

## 品茶小知識

**泡茶時間：**

茶葉的成分極為複雜，發酵過程中會因為溼度及氣溫的不同而千變萬化，所以水溫與沖泡時間，會使茶葉有著細膩與豐富的變化。一樣的茶葉，不一樣的泡法，滋味也大不相同。就算是一樣的泡法，因個人口感偏好的差異，給人的感受也大不相同。

茶葉泡得太久，苦澀味容易跑出來；泡得時間太短，又淡然無味。泡茶時間該怎麼拿捏需要經驗，掌握幾個原則，自然可以找到屬於自己的口味，這也是喝茶的樂趣。

以回沖式小壺泡法為例，溫潤泡醒茶之後：

**烏龍茶**：建議第一泡的時間約在50～60秒後出湯。

**白牡丹**：建議第一泡的時間約在10～15秒後出湯。

**安化黑茶**：建議第一泡的時間約在10～20秒後出湯。

**普洱茶**：建議第一泡的時間約在6～10秒後出湯。

第二泡以後的回沖出湯時間可以適度調整延長，再依個人口感予以調整。

# 二十、「茶」言觀色

柏克萊大學心理學教授亞伯特・馬伯藍比（Albert Mebrabian）研究出「73855」定律。意思是旁人對你的觀感，只有7%取決於談話內容，有38%在於說話時的口氣和聲音音調等，卻有高達55%是來自肢體動作給人的感受。也就是說，外在的肢體語言比起嘴巴說出的話語，往往更能洩露一個人的內在心思或真正意圖。

這些自然流露出來的信息，通常是我們內心深處的真實情感，和心理活動的真實反應，如果平時能加強自己的觀察力，就能鍛練自己「以貌取人」的能力。在人際互動交流中，仔細聆聽對方說話的同時，也能用心觀察對方的表情動作和姿態，不僅可以比較準確的覺察別人的內心世界，也可以幫助我們了解對方的潛在性格，以及當下的心理狀態是否穩定等，從而幫助我們做出恰當的反應。這部分在喝茶互動中尤為明顯。

即使不講究茶道，簡單的泡茶程序也大多需要一點時間，這就會讓一個人武裝的情緒得以緩解，加上茶湯高溫燙口需要慢慢品嘗，從而也能緩和焦躁的情緒，當茶湯入喉下肚時，暖意由腹部油然而生，同時也溫暖了人心。此時，人會不自覺地稍微放鬆，容易反應出內心真實的情緒，也就是流露於臉上的表情、眼神和其他肢體動作。

我們向來容易和別人分享喜悅和榮耀，彰顯自己亮麗的一面，而拒絕吐露內心的困擾，擔心顯露出自己脆弱的一面。因此內在最真實的想法往往不會通過言談直接表達出來，然而談話時不經意的小動作和表情，卻有助我們發現其中端倪。

某日，幾位朋友不約而同到訪，其中一位向來給人帶著爽朗笑聲的陽光形象。在茶席之間，雖然一樣笑容滿面笑聲不絕，我卻隱約感覺他的笑聲和表情都比較僵硬且不自然；雖然對方極力掩飾，但我知道他儼然是有心事困擾著。於是我藉故要他再多坐一會，待其他友人離開後，再深談。

當我告訴朋友，感覺今天似有心事時，他確實吃了一驚，連忙直說沒事。於是我更進一步告訴他幾個我的觀察：「從表情、笑聲的差異，到坐姿比較不放鬆等。我感覺不到你之前的陽光和自信，反而感覺到你的焦慮……」。

內在隱藏的東西被發現後也就不再是祕密，也更容易卸下心防，說出來心裏就更加舒坦。就這樣，朋友將近日在公司發生的不愉快，困擾他的人與事等娓娓道來。幾番討論後，雖然不確定事情是否已獲得解決，但在最後幾杯茶的對話之間，我似乎又感覺到他的朝氣回來了。

「茶」言茶語「察」心理，觀顏觀色觀心底。若能發揮敏銳觀察，茶盤就如棋盤，透過茶、杯與肢體互動，更能察言觀色。

品茶小知識

## 台灣高山茶製程：

產製於海拔一千公尺以上的高山茶，為了保有較多茶葉的原始茶香，並強調茶葉本身帶有花香的特質，留住更豐富的物質和口感，在製作上有別於傳統烏龍茶，逐漸發展出傾向輕發酵、輕焙火的製作工藝。

一、採菁：茶菁是好茶的根本，成熟良好的茶菁具備：葉厚、邊緣明顯、肥壯、翠綠等特徵。晴朗天氣採收品質最好，採收後要儘快送至茶廠，避免擠壓造成損壞。

二、日光萎凋：日光萎凋是藉由熱能使茶葉水分快速消散，萎凋過程可使茶葉重量、體積、硬度降低，促進化學反應產生特殊香氣及滋味。因高山午後常有濃霧會造成曬菁不足，使茶葉甜味無法生成，為避免這種狀況，日光不足時會以熱風萎凋代替。

三、室內萎凋：繼續靜置使茶菁水分持續緩慢消散。

四、攪拌（浪菁）：茶葉移至室內靜置時，每隔一段時間須加以翻動攪拌，此步驟為茶葉香氣生成的重點，若翻茶攪拌不當，容易使茶葉發酵過度或不足，適度翻攪茶葉可促進茶葉發酵均勻。

製作部分發酵茶時，初期藉由翻動，使茶菁水分重新分配，達到減低茶梗水分的目的。後續藉由攪拌使茶葉細胞摩擦破損，增加多元酚氧化酶及兒茶素作用，進而控制茶葉發酵的程度。

五、殺菁：藉由熱破壞茶葉中酵素活性，停止其發酵。並將茶葉過多水分去除、使葉片軟化，利於後續揉捻成形，同時還能去除茶葉不良的菁味並穩定茶菁色澤及香氣。

六、靜置回潤：茶葉炒菁出鍋後，以濕布覆蓋，靜置回潤約10～30分鐘，可使茶葉水分重新分布，避免揉捻時產生碎葉且易於成形，並增加蜜香及熟果味，使葉色轉紅。

七、揉捻：使茶葉捲曲形成條狀，並破壞茶葉的細胞組織，使茶葉的汁液流出附著於表面，增加沖泡時的風味。

八、併堆：將茶葉堆疊，使多元酚氧化酶與兒茶素類充分反應，提升色澤、風味及品質。

九、初乾：茶葉初步乾燥，目的是要收縮茶葉，讓茶汁吸附於茶葉上，如此高山茶沖泡時味道更容易溶入水中。此外加熱過程亦可引起若干化學成分的變化促使茶葉香氣形成。

十、熱團揉：球形烏龍茶的關鍵步驟。將初乾後的茶葉加熱至 60～65℃，以布巾包覆形成布球，置於平揉機下滾動，再進行解塊，重複上述動作數次使茶葉逐漸捲曲成球狀。

十一、乾燥：以熱風去除茶葉中的水分，使其含水量降至5％以下，延長保存期限，並可停止發酵作用及其他生化反應，使品質固定。茶葉烘乾後可使形狀固定，方便包裝及運輸。

十二、精製：撿枝、除茶梗、烘焙、包裝。高山茶為彰顯茶的韻味，通常採用輕焙火或不焙火的生茶製作。尤其海拔較高的高山茶區，以不焙火較為常見。

## 二十一、聆聽茶語發揮傾聽智慧

喝茶是一種心情，品茶卻是一種心境。

隨著經濟高度發展，資訊取得快速，「忙」與「亂」趁勢偷走現代人的靈魂，讓愈來愈多人開始想追求心靈上的安靜與精神層次的穩定。茶道就滿足了這方面的需求，也在多方推廣之下日漸普及。然而不少人執著於情境佈置，一味追求杯壺茶具的精緻化，只是不斷物化喝茶的講究，反而忽略了喝茶的本質。品茶是一種心境，如果將「心」與「境」分開來看，心為主，境為輔，茶席擺設與茶具還是為了提升喝茶時內心的安定而準備，是否精緻反倒不是重點。茶道的精髓，真正該用功的是「心」這部分。

同樣一批茶，在山上茶園喝的感覺和自己在家泡來喝的味道就是不一樣。同樣一杯茶，茶師端給賓客喝，和賓客自己端起來喝，味道也不一樣，這就是心境不同的結果。心專注了，茶湯多了不少韻味；心安靜了，茶湯也多了不少底蘊。當然，心沉澱了，就更可以聽到茶的聲音，也增添了不少喝茶風味和樂趣。

茶人周渝形容，注水時要對著茶葉沖，看著茶葉開展、水轉熱氣，彷彿太極圖一般。此時，先聞到水氣，好比「無極世界」萬物皆空，再來才是香氣，也就是「一」，「道生一，就是太極之境」。喝入口、生津，氣是陽、津是陰，這是「太極生陰陽」，是東方的哲理，「喝茶就是在體會整個大自然的奧祕」。

聽茶，是一種跳脫，使人視野開闊；聽茶，是一種獨處，讓人遠離世俗；聽茶，是一種享受，舒己放鬆心情；聽茶，是一種心態，教我們懂得放下；聽茶，是一種境界，使人沉澱情緒，體味人生。

專注於當下，靜心於當下，便能聽到茶與人的對話。聽茶，就是聽茶語，聽心語，聽道理，在聆聽中來感受人生所有生活之語。傾聽茶的聲音，也是傾聽心靈的聲音。

想要喝懂茶，當然得傾聽茶的聲音。就好比想要瞭解一個人，你得學會「傾聽」他的心聲；想要和對方交朋友，你也得學會「傾聽」他的情緒；想要與別人合作，更要學會「傾聽」他的意見。

雖然「說話」是一門藝術，但是，比起滔滔不絕地自說自話，「傾聽」更能幫助你贏得他人的信任與青睞。在日常生活、人際溝通、經營管理上，各種成功案例都在教導我們「聽」比「說」來的重要，因為如果我們不聽，怎麼知道上司、同事心裡想什麼？如果不聽，又怎麼知道對方的需求呢？

**傾聽是一種謙遜的態度，是一種把他人放在自己前面的態度**。

事實證明，擅於當好聽眾（傾聽高手）卻拙於處理人際關係的人很少見，而喜歡說話卻無法建立良好人際關係的人反倒多不勝數。

當我們「傾聽」時，很容易讓對方產生信賴感，友誼的橋樑也就很快地被搭建起來。當我們心情不好，壓抑的情緒已面臨決堤時，最想傾訴的對象一定是我們最要好的朋友，因為對方值得我們信任，他懂得傾聽你的心情、接受你的垃圾情緒。正因如此，當我們在購買如房子、車子、保險等貴重物品時，通常不會因為業務員的口才或流利表達而下訂；相反地，如果一位業務員懂得傾聽、了解客戶的需求並真誠介紹，如此互動下所建立的信任感才容易激發我們的購買意願。

所以有人說：真正的偉大是單純，真正的智慧是坦誠。其實如果沒有實質的內涵及專業知識作後盾，就算有再能言善道、舌燦蓮花的好口才，都只會造成對別人的壓力，且容易讓人產生「一隻嘴胡綠綠」的聯想。在人際關係中，讓我們覺得交心的好友絕不會是因為他的口才，而是他對待朋友的真誠，誠心對待自己與別人，真切誠懇地付出關懷。

話多不如話少，話少不如話好。在職場上，大多數的人為了獲得別人的注意力，而將重心放在「如何把話說到對方心坎裡」。良好的溝通與適度表達雖然是我們工作與生活上非常重要的一環，但是過度彰顯「說」，雖然代表主動，卻也容易給人壓力，增加距離感。「聽」雖相對被動，卻容易拉近彼此距離，給人溫暖的感覺。一直以來，大家努力精進溝通表達技巧時，卻忽略了一個事實：良好的溝通是「聽」出來的。

「傾聽」不只是聽人說話，更是一種非常重要的溝通技巧，它具有很強的目標性，需要你集中精神，讓對方盡其所能地表達出自己的意見和要求。當你能滿足對方表達的欲望，並且適時提供有益的回饋時，他自然能感應到你所付出的時間、關心和尊重，這對於雙方的情誼絕對有明顯的幫助。

「聽」與「傾聽」的不同，端看你有沒有把心思放在別人的談話之中，真正想要瞭解對方在說什麼。也就只有當你想要聆聽時，你才會給予對方充分的時間表達，因為只有這樣才能真正瞭解對方的想法。

傾聽的另一個態度是「放下自己」。

在傾聽中，啟動了三項重要的機制：尊重他人的話語、放下自己，以及讓自己受到觸動。要解決別人的問題，不是要在對話中給出答案，而是需要打開耳朵仔細傾聽。

品茶小知識

## 什麼茶都可以壓成餅嗎？

茶餅又叫餅茶，是緊壓茶的一種製作型態，因此理論上，任何茶都可以壓製成餅或其它形狀。目前常見的普洱茶、安化黑茶都有製成茶餅，通常都屬於黑茶類。茶餅也是後發酵茶最常壓製成的形狀，具有美觀、運送方便、有利儲存的優點。

大家所熟知普洱茶的傳統餅茶，也知道白茶餅，卻鮮少喝到正港臺灣製造的餅茶，原因出在臺灣茶的原料普遍果膠質含量少，造成黏度不足，僅靠蒸煮擠壓很難成型，現在茶改場已突破此技術限制，只要是臺灣茶都可以加工製成餅茶。

此技術不但可以把臺灣的各種特色茶製作成餅，除了保留茶葉原有的特色外，更提升茶葉的風味與價值。

# 二十二、莫忘初衷——喝茶貴在心意

幾年前全台瘋騎自行車，愛運動的我在當時因為腳受傷，被醫生特別叮囑要休息一年不能打球，卻讓我意外搭上流行風開始騎自行車，時常在中部地區騎山路，運動量也不小。有一回朋友提議在單趟車程中連續挑戰兩座頗有難度的山路，眾人事前討論熱烈且報名相當踴躍，然而出發集合時卻寥寥可數，讓我心想是不是中計了？當時心裡一度掙扎著是否要打退堂鼓，最後還是決定挑戰這個高難度試煉。

我們的目標是中部地區兩座自行車聖地，大夥們也是第一次嘗試如此瘋狂的挑戰。第一座山的後半段其實算頗有難度，騎上來時已經有隊友覺得吃力，耗費了不少體能；緊接著第二座山的路途更長，坡度更陡，眾人也陸續脫隊。我雖然騎在前面，也漸覺呼吸急促、心跳飛快，雙腿開始不聽使喚。山路漫漫，陽光穿透力極強，體力因而有點透支，車上兩瓶水也很快地喝完。內心本來就因為感受不到隊友陪伴，覺得特別淒涼；加上為攻克上坡山路把後齒輪調到最大，車速極為緩慢，身心俱疲下整個人也瀕臨崩潰。勉強支撐了兩公里後，好不容易看到路邊有座三合院，疲軟的雙腳此時再也使不上力，準備在此求援。

上氣不接下氣的我，把自行車倒放在前院，整個人氣喘吁吁，一位阿伯走出來親切問候，看我喘成這樣，他卻笑出來說：「少年ㄟ！沒水了吧？進來喝茶沒關係啦，很多人和你一樣。」聽到阿伯這樣說，我心中的尷尬也化解了大半，雖然覺得不好意思，但仍是厚著臉皮進去補充水分。

進屋後發現阿伯正在泡茶，他邊倒茶邊說：「拍謝啦！我這裡只有簡單的粗茶。」我接過茶杯後習慣性的聞一下茶香，接著一飲而盡。對當時的我而言，這簡直是天降甘霖，不但生津解渴，也讓疲憊的身軀得以舒緩，逐漸活絡了起來。簡樸的茶杯或許幾十元不到，茶葉的等級也難以估算，但那真誠的體貼、溫暖，以及杯中的甘甜滋味，在心中久久縈繞令人難忘。這份心意是無價的。

台灣話說：「誠意吃水甜」喝茶的心意很重要，真心誠意地請人喝茶、分享一杯好茶，會讓對方對茶充滿敬意和無限想像，也對人充滿感激和謝意，體驗友善的正向能量，這也是喝茶的初衷。

正如那句至理名言所說：態度決定一切。好的態度讓人對工作、生活充滿熱情，能克服困難完成任務，在枯燥的例行公事中找到樂趣，發揮正向影響力。反觀態度不佳的人，容易怨天尤人，在工作中看到的都是艱困，盡是不滿意，自然也影響自己和旁人情緒。

幾杯茶過後，感覺氣息逐漸暢行，任督二脈彷彿也隨之通順，身心靈都得到滋潤般氣色回神。那第一杯茶淡淡的茶香，喝入口的感受，到現在依舊印象深刻；阿伯的心意，分享茶的誠意，至今仍令我感動。這份感動也時時提醒我莫忘初衷，不只是對茶的敬意，還有與人分享的心意。

離開之前，我對阿伯說：「你這高等梨山茶真是好喝」他哈哈大笑道：「一斤六百元啦，不嫌棄就好」還順手拿了一袋剛摘下來的小黃瓜給我。就這樣，帶著滿滿的感動，我一鼓作氣騎完最後一段上坡路，在山頂上與友人會合、分享小黃瓜的喜悅，然後帶著滿滿的正能量回家。

品茶小知識

## 一心二葉才是好茶？

台灣人雖愛喝茶，但總是有些迷思，譬如追求「嫩採」或是「一心二葉」。但是只有嫩採或一心二葉才算好茶嗎？「一心」指的是剛長出來的新芽，「二葉」則是新芽下的兩片嫩葉，它們是茶葉最嫩的地方。

茶葉是否愈嫩就愈高級？一般而言這是對的。尤其是對於製作綠茶或紅茶來說，茶菁會要求嫩摘，通常會是一心一葉，最多到一心二葉。但半發酵的烏龍茶就須要相對成熟的茶菁來幫助發酵度的掌握，因為其內含豐富物質，經過發酵轉化後，往往可以產出層次豐富飽滿，且香氣迷人的高級茶品，這也是台灣半發酵茶的精髓所在。因此以半發酵茶來說，好的茶菁其實是形成駐芽的對開葉，所以可摘到一心三葉，甚至一心四葉。原因在於，半發酵茶的茶湯滋味與香氣，其實要在適當的成熟度下才有發揮的空間。

另外，高山茶因氣候的關係，茶葉厚實，低溫且日照短能夠抑制苦澀多酚，使嫩葉帶有鮮味，所以在高山產區的茶葉的確可以摘採較嫩的茶菁。但是台灣茶產區多在丘陵地形，此地區的茶葉品種若摘採嫩芽，此時的葉片尚未成長厚實，內含物質還不足，反而易有苦澀味。

台灣高山烏龍茶製作講究，味道獨特且享譽國際，對烏龍茶的採摘上有很多細膩之處，加上電視廣告推波助瀾，所以我們常聽到一心二葉，而誤以為一心二葉才是好茶，事實上這只是一種摘採的類別，而非評斷茶葉好壞的依據。

# 二十三、特別的胡椒鳳螺

某次去高雄旅遊，在旗津海鮮餐廳用完晚餐後，漫步閒逛老街，街道旁整排攤販小吃好不熱鬧，恣意逛了半圈，這時天空突然灑下不小的雨珠，剎那間人潮盡散，整條旗津商店街頓時冷清起來，也打亂了我們的旅遊興致。

比起黃昏時在愛河散步的愜意，搭乘輕軌瀏覽高雄港的療癒，漫步在棧貳庫的藝術氛圍……現在的景況大概只能用孤寂來形容。

本想飯後信步閒逛，在看過所有商家攤販後，再買些小吃回去找夥伴共享宵夜，沒想到攤販們紛紛因雨開始撤收。正準備回頭去買胡椒鳳螺，卻見店家已收拾得差不多了，老闆也不好意思地告知今日已經售完。

他看我一臉失望，大雨中的街道幾乎只剩下我們一家四口，於是面帶靦腆地問道：剛剛走過去怎麼沒買？

一陣尷尬後，我們只好帶著遺憾離開，下著雨的街道感覺分外冷清，就在接近渡輪站之際，突聞後面有聲音傳來「啊！你怎麼走這麼快啦！」原來是老闆從後方冒雨追上我們，要把店裡僅剩不到一盤的胡椒鳳螺贈予我們。只是這樣一個動作，簡單的一份心意，讓我們全家為之驚喜，一股感動自心底油然而生，讓冷清的街道頓時溫暖了起來。

回到飯店，胡椒鳳螺早已冷了，但那一晚的胡椒鳳螺是我吃過最好吃、最有感觸的滋味。因為它除了鳳螺和胡椒特有的風味外，更蘊含一種特別的溫度，一種人與人互動，粗曠卻友善的餘溫。

胡椒鳳螺適合下酒，不適合佐茶，卻在那晚成了我們的最佳茶點。褪去被雨水打濕的衣裳煮了壺熱茶，雖然沒有茶桌，也沒有講究的茶具，但那晚的茶湯卻特別溫潤有感，因為除了原有的茶韻，還融合了鳳螺老闆的甘甜心意。

有故事的食物和飲品令人終身難忘，它也提醒了我：用心於日常，友善於周遭。有時候我們不經意的一個小動作，或許可以帶給旁人一個小確幸，甚至是影響深遠的感動，進而再創造下一個感動，形成一個正向美好的循環，讓它變成一個故事。

我喜歡有故事的旅行，也喜歡有故事的食物，而有故事的茶喝起來也最對味。

## 品茶小知識

**脫褲茶：**

大部分人都聽過或喝過比賽茶，但在茶葉比賽時卻有一種茶被稱為「脫褲茶」（台語），這也是茶農間有趣的小故事。

南投縣鹿谷鄉農會所舉辦的茶葉比賽是歷史最悠久，品牌最響亮，參賽茶樣件數最多、最為激烈的競賽，也是國內最具規模、最具公信力的比賽。每年只舉辦春、冬兩季，能在鹿谷農會比賽茶中脫穎而出的優勝茶葉，不但是世界級的好茶，更是海內外茶客們爭相搶購的目標。民國65年辦理初期，茶農必須繳交22斤茶，再由農會工作人員用人工方式，以1斤為單位用「四方形道林紙」包裝，並貼上農會封簽，外面再套上塑膠袋，待評審後再將未入圍的茶葉包裝一一拆掉，此一作業後來被戲稱為有趣的「脫褲茶」。

所以脫褲茶指的是參加鹿谷鄉農會比賽，評審後未達標準（淘汰）的茶。

# 二十四、喝茶是品味與融入在地的引子

很多人喜歡旅行，因為旅行能讓人放空、重新歸零，讓人放鬆卸下包袱，也讓人轉換心境釋放壓力，充滿能量啟發創意。在旅行過程中，有人習慣用味覺來品嘗城市，以美食感受當地的特殊風情；有的人則喜歡以視覺來認識城市，用照片來回憶駐足過的風景。不論用什麼感官來體驗，只要有意想不到的驚喜，擁有不同的感受，讓我們對餐館、公園、市場等地方意象有深刻印象或感動，這樣的印記絕對會讓我們充滿回憶，也會永遠保存在內心深處。

我所喜歡的旅行其實很簡單，走出去，自己感覺對了就是了。不用趕時間、不一定要做什麼，隨遇而安有時候反而會出現小驚喜，在生活中或旅途中，都不要忘了「隨興」與「對味」的美好。你會發現這樣率性做自己、感受自己、擁抱自己，是一件非常美好的事。

記得有一年，一家人到宜蘭旅遊，最後一天時索性提早回程時間，前往新竹一座小鎮「慢遊」。之所以強調慢遊，是因為抱持著隨心隨興、融入在地，想以老街為中心漫無目的方式走讀這個客家聚落。我們在中午時刻漫步到傳說中的老街，那裡沒有其他商業化老街的攤販喧鬧，也沒有美食特產搶盡鋒頭。自然純樸、風貌原始，雖然稱不上古香古色，然而歷經歲月刻畫的古樸樣貌，很自然喚起了心中的懷舊情結。或許是平日的關係，街道略顯冷清，營業店家不多，遊客也寥寥無幾，幾乎沒什麼人。

文創藝術融合老舊房舍的氛圍，加上又是日正中午，此刻的老街安靜無比，卻使我們心中多了一股興奮感。走進一間小有名氣的二手書店，在受到媒體專訪後這家書店一夕爆紅，因此我們是帶著朝聖的心情踏入這個有故事的空間，心裡自然多了一分敬意。進門就看見老闆正靜靜地翻閱自己的書，讓人不好意思走近，深怕打擾他閱讀。店內安靜得只剩下書頁翻動的聲音，現場四、五位外來觀光客個個小心翼翼。或許是感受到了無形中嚴肅的疏離感，逛起來也多了一分壓力，所以很快地店裡就剩下我一個人。頓時覺得靜默的書店好比感受不到溫度的老街，就像失去了靈魂般，既僵硬又有距離感，與內心滿懷的期待有點落差。

就這樣我們不抱期待地走到最後，原想這條老街大概就要在如此心情下匆匆略過時，恰巧路過一間尚在整理的小店，於是佇足觀望了一下。看似是一間還在整理中的藝術品小舖，門口一位正在清理的工人伙計看了我一眼，很熱情地開口推薦，老闆娘也走出門外盛情地相邀入內參觀。

走進窄小的店門，卻沒想到裡面寬敞雅致、作品繁多，充滿藝術家的氣息。各項擺設與裝飾小物都是老闆夫婦親自手做，別具個人風格，讓人驚喜連連之餘還多了一種親切感。老闆娘邀請我們入座茶席（其實是店內唯一的桌子，其他地方都擺滿了各式作品與裝飾），請大家一起喝茶。聽到喝茶，我頓時精神抖擻了起來，俐落地入席端坐。

初次見面加上身在不熟悉的場域，一開始難免略顯尷尬，我們安靜地等待老闆娘泡茶，感覺空氣也逐漸凝結了起來。然而，當第一杯茶端放在面前時，只覺茶香將凝結的氣氛溫暖融化，同時也帶走了沉默的氛圍。當茶湯入喉後，那份舒適感和溫潤感也開始拉近彼此的距離，於是乎我們一邊泡茶一邊開始暢聊了起來。

在第一泡茶期間，我們靜聽老闆娘述說老闆是如何從醉心藝術創作，到捨棄原有工作投入創作的心路歷程。我告訴她：「從第一杯到第五杯，這泡茶除了應有的本質之外，口感上還帶了點滄桑的澀感，這一路走來，總在背後支持老闆的妳一定很辛苦。」只見老闆娘雙眼有點濕潤地笑了起來：「你懂得喝茶喔！也提醒我要換茶葉了。」

喝茶是融入在地的引子，有故事的茶最對味，有互動的旅行更是津津有味。

我們在聆聽她們創業故事的情境下開始了第二泡茶，此時老闆娘的三位好朋友恰好來訪，隨後又進來一位遊客，大夥一起加入喝茶的行列。聽完了老闆娘在背後支持的故事，她主動問我對這泡茶的評論，我說：「茶湯色澤金黃乃是以介於輕中度之焙火相伴，就像老闆娘的泡茶動作優雅且不疾不徐，整體感覺很舒服。沒有高海拔的清香，卻有低海拔的質氣表現；喉韻偏硬卻回甘，略帶苦澀又淡雅；芽葉不齊卻完整，葉片偏薄卻耐泡，加上枝梗比例不一致。雖然稱不上絕佳上等好茶，但是感受得到茶人親手採摘，用心製茶的態度。」說完現場一陣掌聲，大家都點頭叫好。她旁邊友人隨口問我這茶到底算不算好茶？

是不是好茶？也是很多朋友常會問我的問題，我告訴大家：「茶葉沒有好壞，只有適合不適合。因為每個茶人都是用心做茶，不肯用心投入的人不可能來做茶，因為也賣不出去。但是茶葉的產地氣候、水氣、土壤都不同，加上每位茶人製茶程序、時間拿捏不同，產出的茶葉自然也不一樣。既然都是用心製作出來，本身也就沒有好壞之分，是否合乎消費者的口感則因人而異，所以只要你覺得好喝就是好茶，你覺得喜歡就是好茶。我們這幾杯喝下來大家都覺得很舒服，那當然就是好茶。」

在座眾人頻頻點頭，尤其老闆娘笑得更是開懷，此時老闆回來了，原來剛剛入門前那位貌似工人的伙計正是老闆，他聽完我們這二泡茶的互動過程後也開懷大笑，這時才揭曉這第二泡茶，原來是老闆夫婦自己種植、採摘並親自製作的茶。

有時候，在旅行中最令人有感，讓人咀嚼再三、回味無窮的，不是那些美麗的風景、吃過的美食或是購物的快感；而是人和人、人和文化、人和在地生活互動所產生的火花和奇妙聯結。那是一種奇妙的感受，是透過自己內在感覺所產生的深刻印記。

就這樣，我們又換了茶葉開始第三泡茶，這次由老闆當執壺茶人為我們服務，同時又多一位老闆娘朋友加入，連同我們全家四人，茶桌旁已有十一人圍繞，氣氛相當熱絡。老闆開始介紹老街的歷史和店家的風格，以及藝術家之間的互動和性格，讓我們了解到要維護非商業型的老街著實不容易，從廢墟轉變成藝術街道的艱辛，這種堅持的態度，也是在每個領域想要走出專業的必經過程。

在大家一陣喧嘩起鬨之後，老闆好奇地問我這一泡茶感覺如何？我再三強調點評純屬個人觀點後說到：「這茶略帶花香，熱香平淡無奇，冷香卻底蘊十足，可見茶葉的質性不錯；茶湯喉韻滑順，冷茶不澀不苦，續航力不錯，這些都是好的表現。惟甘味稍嫌不足，香氣稍淡，殊為可惜。其枝梗與葉片比例適中，茶葉厚度稍微薄了點，感覺可以從土壤營養方面下工夫。依總體口感評斷是翠巒華崗一帶的高冷茶，海拔約一千七百到兩千兩百公尺之間。」接著又說：「這茶和老闆的調性不同，應該是朋友送的，你這朋友有可能喝不習慣你的茶，或者是在暗示老闆要稍微注意一下土質的自然營養和相關生態……。」說完頓時引起哄堂大笑，因為那位送茶的朋友就在茶席當中。

那天接連喝了四款不同的茶種，大家七嘴八舌聊個不停，素昧平生的陌生人卻能像多年未見的老友般暢談，度過了美好的午後時光。走出店門時已是黃昏時刻，這一趟對小鎮的感受是如此深刻，在地人文的意象，未來也一定會成為讓我們不斷回味的特別印記。

茶香讓我們產生共鳴，茶湯拉近了彼此的距離，這就是茶的魅力。有時候喝茶不必有太多學問，不必講究太多茶道規矩，只要有想泡好一杯茶的態度，想要分享茶的熱情，就會有意外的收穫。

大多時候我們容易被別人的建議牽著走，跟隨網路上無形的資訊，在看似光鮮亮麗的誘惑下，盲目地追逐著打卡勝地，想一次網羅各個熱門景點，喪失了旅行的初衷和動力。一味跟著別人的步伐，按圖索驥地照著他人的意見去旅行，到此一遊的打卡行程也就隨之變得形式化。這種為了完成行程而走的樣態，缺少了自己的「感受」和「發現」，而是為旅行而旅行。不但可惜，更缺乏了那麼一點味道。

品茶小知識

**蜒茶：**

蜒茶，台語稱蜒仔茶，又名蜜香烏龍。是一款與小綠葉蟬共同合作生產的茶品，茶湯中的蜜味來自於茶葉被小綠葉蟬叮咬後所釋放的特殊單寧。在北部花東地區茶農把它製作成蜜香紅茶，如舞鶴紅茶；在桃竹苗地區，則是赫赫有名的東方美人茶；而在中部烏龍茶區，則是將它製作成蜜香烏龍茶。

蜒茶的發現來自於九二一大地震肆虐後的鹿谷，居民為重建家園根本無暇照顧茶園，因而蟲害大作，大量茶葉因此受到小綠葉蟬吸食，在棄之可惜的情懷下，茶農無奈地採收著這些被吸食過的茶菁，他們照著凍頂烏龍茶做法製茶，希望保有其剩餘價值。本以為茶葉敗壞血本無歸，卻意外地發現做好的茶同時擁有烏龍的醇厚，並兼具天然蜜香及鮮果的香甜氣息，獨特口感讓蜒茶紅透半邊天。

# 二十五、劣勢還是優勢

某次一位好友邀約假日試茶，說起這個朋友也是一位好茶之人，對品茗十分講究：非好茶不喝，沖泡超過六次的茶也不喝，收藏的茶品也大多價值不斐。以往邀約試茶都是品質極高的好茶，所以我二話不說立刻答應準時赴約。當天來到現場，發現茶桌上早已備好各式茶具、溫好茶壺，如此隆重的茶會，更讓我對這次要品嚐的茶多了幾分好奇，也增添了幾分期待感。

剪開包裝後立刻聞到茶葉青翠的味道，是好茶具備的特徵，球形外貌的茶葉以手工揉捻，相當完整漂亮，一看就是茶質很高的茶品。果然開水沖入後頓時茶香四溢，高冷茶特有的香氣瀰漫在茶席之間，即便尚未倒出茶湯，光是氣味就已讓人充滿期待。

靠近聞香杯輕吸一口氣，頓覺茶葉清香中蘊含了花香飄逸，更帶有果香襯托，讓人覺得非常舒服，彷彿置身於山嵐雲霧之中。茶湯顏色透亮，入口時前段清爽，後段喉韻湯軟滑順，滋味美妙果真是一品好茶，讓眾人連連讚嘆。

之後朋友揭曉答案，果然是獲獎的梨山高冷茶，無論色、香、味都是上乘佳品。就這樣我們一杯接一杯、接連換了幾次茶葉，開心地分享直至天黑。在其他朋友陸續離去後，主人家特意留了一斤茶要送我，這樣高檔的禮物著實有些沉重，在百般推辭後仍難敵盛情，還是帶了友人執意贈送的茶葉回家。

幾天後，輪到這位好朋友前來拜訪，茶席間他突然正色請託我幫忙。原來他的姪女在畢業後考了九年教師甄試，雖然年年進入複試，卻從未被錄取；當了九年代理教師，如今三十一歲了仍在為理想與目標奮戰，多年拼鬥讓家人相當不捨。因此特地拜託我來指導她的試教和口試。聽罷，我開玩笑地說朋友送茶原來是「別具用心」，但他說此舉只是單純想展現出最大誠意。

的確，每年暑假是老師和學生的最愛，卻是參加教師甄試者最為煎熬的時期。經驗告訴我們，想要在如此競爭激烈的考試中勝出，除了加倍努力外更要找對方法。幾次失敗下來往往會澆熄這些代理教師的熱情，不少人也因為受不了這樣的挫折而選擇轉換跑道。

因此，友人的姪女能堅持這麼久著實不容易。然而九年過去，信心也逐漸消磨見底，這年她又進入複試，眼看即將又要進行口試了，因此才希望尋求我的建議和協助。

在僧多粥少的狀況下，每年七月的教甄競爭異常激烈，能夠連年進入複試誠屬不易，這表示對方有一定的實力，就差臨門一腳。我相信她在這十年間的努力不懈也是出自對教育的熱愛，所以也答應幫助對方找出問題所在。

在看了對方的模擬口試後，除了修正答題方式外，我發現她答題的內容、聲音、語氣都還不錯，卻很難引起評審的共鳴，因為她的表情很「苦」。這對考生來說相當吃虧，因為口試時必須面對陌生的評審，並在短暫的對話中讓對方感受到自己對教育的熱情、對學生的喜愛、對教學的投入等。然而苦悶的表情不但會讓人感到壓力，也容易使評審忽略了口語上的表達，感受不到應該要表達出的熱情。

經過幾次修正和練習，她的表情依舊如故，雖然知道問題所在，卻怎麼也改不過來；再加上隔天就要口試，時間緊迫，難免心急如火。我也明白長期累積的習慣表情一時半刻難以修正，尤其進入考場後，全神貫注在問題上，很難兼顧注意神情。最後一個晚上，在準備試教的同時還要修正口試神情，著實有些強人所難。但若是放任她自己努力而沒有其他突破性作為，想必成績只會一如往常，最後以失敗收場。

所謂山不轉路轉，我心想：「既然劣勢難改，何不順勢而為，讓評審委員忽略她的劣勢（表情），轉而注意到她的優勢（口語表達）呢？甚至還能轉化劣勢為優勢！」於是我做了一個大膽的提議，要她不管抽到什麼題目，在回答問題前先向評委說：「報告評審委員：在回答問題之前，我想先說明一件事，因為我熱愛教學，很在乎這份工作，但是只要我很在乎、很認真，我的表情就會不自覺嚴肅起來，那是出自於我的認真和執著，不是痛苦的表情，而是認真的神情……」

善用劣勢有時候會變成另類優勢。果然，此次她的口試分數提升不少，最終順利考取正式老師。甄試完後她告訴我，評審聽完她的「前言」後都會心一笑，其中一位甚至放聲大笑，現場氣氛頓時融洽不少，這也是她多年口試來第一次有如此美好的感受。

每個人都是獨特的個體，具備自己的優勢和劣勢，我們是否深刻了解自己，知道自身人格特質和 SWOT，正視它，善用它，有時候優劣之間或許就只有一線之隔。

## 品茶小知識

**珠露茶的由來：**

珠露茶為台灣茗茶之一，主要產於阿里山竹崎鄉山麓的石棹茶區，可謂是竹崎鄉民的「綠金」，茶園種植面積約為四百公頃，為最具有阿里山高山茶的代表性茶葉，也是喝高山茶的入門首選。由於製成的茶葉，香氣濃郁，滋味甘醇，廣受飲茶人士喜愛。

阿里山珠露茶的由來，是西元一九八七年，由前副總統謝東閔所命名，取其高山茶葉上，因晨曦露珠沾附葉脈上，所形成的甘珠玉露之意。所以「珠露」是一個品牌，不是一個茶種。

珠露茶就是石棹茶區生產的烏龍茶，隸屬於嘉義縣竹崎鄉農會，正式名稱為竹崎鄉特用作物第一班。只有該產銷班會員能用這個「珠露」包裝烏龍茶販售。

# 二十六、溝通不是在講道理

茶，就像生活中的一位老朋友。溫和、平淡，卻又能讓你時刻回味，或許有時苦澀，但之後的回甘卻讓人感到無比溫潤。偶爾，我會被茶香喚醒而想起故友，恰似隔窗遙望外面景物進而睹物思人，一股莫名的溫暖會自然地湧上心頭。

朋友聚會時，難免會聊到一些複雜難解的社會議題，當眾人意見相左，爭論不休之際，此時如果有人輕輕地說了一句：「喝茶，來喝茶！」僵硬的氣氛瞬間就會被軟化，讓大家從激烈的爭論中平靜下來。當彼此端起茶杯，相視而笑，心態也就隨之和緩。然後一邊品茶、一邊思考，讓茶香取代了煙硝味，沒有了針鋒相對，更多了一些包容。

俗話說：「千秋大業一壺茶」喝茶本身就是一件有助於溝通的事情，人與人之間的愉快互動中，茶起到了一定的潤滑作用。喝茶的過程可以促進人彼此間的互動與交流，品嘗茶湯的味覺感受，就是我們用於交流的「語言」。對味道的喜好因人而異，由此便有了交流的價值。所以喝茶可以促進溝通提升社會關係，其中的過程著重的是「感受」，而不是在講道理。也就是說溝通的重點不是在說道理，而是在於是否有感受到彼此在乎的情緒。

在科技時代的新社會，每個人都可以上網快速查閱資料，吸取知識的管道多元且便利，所以也愈來愈有主見。大家都想以「理」說服別人，而不想被對方說服。然而比說話技巧、比誰說的有理，只會讓溝通愈發困難，最後演變成意氣之爭，為的只是自己的面子。

在我周遭就有這麼一個平淡卻不平凡的朋友，認識的人幾乎都喜歡跟他互動、聊聊心裡話，而且男女不拘、老少咸宜、大小通吃。團隊若有任務，在他號召之下每每是全員到齊，朋友圈對他的向心力也很強，不論場合、大家總喜歡有他在。就連配偶看他都有點像是粉絲與偶像之間的互動，這點讓我由衷佩服。最神奇的是連道場裡的師父也喜歡他，而且幾乎所有的駐院師父都是。當發生爭執時，需要調解溝通時，大家第一時間想到的也是他。在組織中最難處理的就是人，我很好奇，為何他可以把大家覺得棘手的問題化繁為簡，甚至化簡為零。近距離觀察後，我發現其中的關鍵答案是「感受」。

這位好朋友不但很願意聆聽，而且是「主動聆聽」，這個「主動」的過程，特別讓人有感觸。這讓說話者感受到對方有將注意力放在自己身上，感受到對方的在乎，這種被尊重的感覺是很有說服力的。而且我發現這位朋友在聆聽對方說話時，總會適當地用肢體語言讓對方感覺到他「在談話中特別投入」，這樣的感受通常能獲得對方正面的回饋，進而收到實質的效果。這些看似簡單的小技巧，卻是大多數人都沒有做到、甚至被忽略的小細節。

善於溝通的人不一定是很會說話的「演說家」，因為「說話」並不是重點，而是因為他們善於「聆聽」，營造感同身受的氛圍。

人們不在意你知道多少，而是在意你在乎多少。良好的溝通技巧是要化解爭端，解決問題，以達成和諧共識為最終目的。以同理心為出發點才能讓雙方情緒有所連結，在傳遞訊息時讓對方感受到自己的在乎，才容易被接納，進而願意卸下心防和武裝來理性思考。試著站在對方的立場去思考，這就是感受上的差別，也是溝通歷程最重要的關鍵。

茶如友，友如茶。面對心情好的人，茶會反映出愉悅的心情，進而泡出好茶湯；面對心情沮喪的人，茶也會反映出內心的不悅，泡出苦澀的茶湯。品茶時，茶湯會隨著所處環境與心境而有所變化，品出的滋味也會有所不同。寧靜時、煩躁時、快樂時、有所求時，在不同心情下喝茶，感受亦會有所不同，品茶的心情與感受是至關重要的。

人際互動也是如此，「感受」是很重要的，感受好時，什麼都對了；感受不佳時，似乎什麼都不對。沒有好感受的溝通不但無效，最後甚至會淪為各說各話或引發爭執。

溝通並不是在講道理，上法院要講道理，才能讓審判的法官有所依據；在學校要講道理，才能教導學生有正確的依循方向，形塑優良的價值觀。去教堂、佛堂要講道理，修身養性才有願景。但如果和人溝通時總是想據理力爭，明辨是非，終究會變成「公說公有理，婆說婆有理」的結局。

茶好、水好，烏龍一泡沒煩惱。

人好、心好，逍遙自在活到老。

恰似喝茶在乎感受而非說理，溝通也同樣不是在講道理。

品茶小知識

## 什麼是台茶12號？27仔？

金萱茶是國人非常喜愛的茶種，最特別之處是帶有淡淡奶香及花香，風味獨特，深受消費者喜愛。

它的正式名稱就是台茶12號，別名金萱，樹型較大，屬於稍具直立性的橫張型，芽密度高，幼芽大，綠中帶紫，洱毛密度略少於青心烏龍，但製造時較不易脱落，故成茶上可看到明顯的洱毛。葉片呈橢圓型，葉緣鋸齒較大也較疏，葉肉稍厚，濃綠且富光澤。由於樹勢強健、環境適應力強、高產、品質佳且廣受消費者歡迎，因此全省各茶區均有種植，面積僅次於青心烏龍占全台第二。一般農民喜歡叫它27仔是因為其實驗代號為2027，所以27仔可以說是金萱的綽號。

台茶12號是茶樹品種名稱，它是由著名茶學家吳振鐸教授歷經四十三年選育出來，在民國七十年命名的新品種，其父系是「硬枝紅心」加母系「台農8號」雜交後育種而成，而金萱則是吳振鐸老師為紀念他已逝的祖母名字所命名的。

# 二十七、喝茶聊天「霸」

在普洱茶界常流傳一句話：「班章為王，易武為后」王者，代表其能力過人擁有領導特質，堪為表率，是剛強的表現；后者，代表其地位崇高，追隨王的左右輔佐，是溫柔婉約的代表。

班章既為王，表示傳統班章普洱茶給人的印象非常獨特且口感濃烈。來自雲南西雙版納布朗山大葉種的老班章，生長環境優越，葉片大且肥厚，條索粗壯，芽頭壯碩且多絨毛，茶氣剛烈霸氣。確實，老班章的茶氣陽剛，口感厚重醇香，具有強烈的氣韻。其苦味、澀味雖然較重，但有苦澀消退快的特質，回甘生津也快，杯底帶香，茶葉飽滿耐泡。這樣的口感著是有點剛強，是帶有霸氣的茶。

茶葉的苦澀味常被認為是「霸」的表現，當濃郁的苦與澀強烈掩蓋了其他味道，導致茶葉的香甜表現不出來，感覺上就有點「霸道」了。但老班章喝起來茶氣很足，雖有苦澀味卻也伴隨香甜滋味，所以老班章之所以被尊為王，是因為它擁有飽足茶氣和濃郁味道的同時，卻也比一般茶有更快的回甘速度，此乃霸氣而不霸道。

喝這樣的茶，感受這股力量磅礴的氣勢，令人想起組織中的領導藝術與管理態度。所謂霸氣，並非霸道蠻橫、不講公理；而是膽識與才智的結合，敢拼敢闖的冒險精神。擁有王者風範，但不能不講道理，不能唯我獨尊，認為眾人皆醉唯我獨醒，意見相左時總認為自己才是對的。如果全組織只能聽一人號令，那就是霸道而非霸氣。

霸氣是一種直率、直接、具有強大力量作為後盾的強勢態度。這樣的領導者會對自己充滿自信、將堅強的意志力化作支撐力量。有所堅持，所以霸氣的人不會輕易妥協，原則明確、執行力強，一旦決定了就會全力衝刺、不輕言放棄。但這不代表他聽不進別人的意見，而是在決策前做足準備，決策後克服萬難，堅持到底的態度。這與霸道是有本質上的區別，如果從不聽人建議，自始至終固執己見，情緒化地對待歧見，甚至找機會羞辱異己，此則為霸道也。

面對繁雜的組織事務，加上員工自我意識高漲，領導者想引領組織改變思維模式成為夥伴，帶領團隊朝願景邁進，沒有強韌的氣場就絕對無法擁有發展主導性，但是也要做好準備，決策前收集資訊廣聽意見，要能有效掌握整體氛圍，方能決策與執行。所以真正「霸氣而不霸道」的領導者不是只靠聲音唬人而已，更要有善於掌控氛圍的手段，以及過人的領導與溝通能力。成功的霸氣是一種智慧的展現、有清楚明確的目標、有遠見，能掌握並主導組織氛圍方向，還有堅定、確實的執行方針，能讓人心悅誠服地（至少檯面上是這樣）樂於追求這樣的目標。如果只是單純的狂妄自大、無知和強權，就不配稱為霸氣而只配稱為荒謬的「霸道」。

「霸氣而不霸道」的領導人一定知道以柔克剛、以軟制硬之道，表面上含而不露、不計利害，實際上卻可以牢牢牽制對手，令其唯命是從。因為他們知道最終目的是要達成設定的目標，輔以對人性的掌握，綜合內外條件之判斷，從而選擇最佳方式。有時迂迴，有時藉力使力，適時動之以情，時而展現力量，因為他們看得見終點，了解怎樣才能到達目的地。

好的領導者猶如老班章普洱，他們了解「剛」與「柔」之間巧妙的化學變化，猶如班章在濃烈的苦澀後轉瞬帶來甜美的回甘滋味，讓整個口腔和咽喉會感到甘甜滑潤，厚重醇香的感受更會長時間持續。同時，老班章也相當耐泡，在十多泡後仍保有香甜和回甘口感，葉底也依然會留有茶味，同時茶氣明顯。班章具有一定疏通脈絡的作用，甚至讓人手、腳、頭、背發熱微汗，讓專業茶人愛不釋手，很多人追求的也是這種感覺。

眾人伏首於班章之下，其被尊為王再自然不過了！

品茶小知識

**有機茶：**

很多人以為有機茶就是「茶葉農藥零檢出」或是「無毒茶葉」，殊不知這其間有著很大差異。無毒茶葉，甚至是所謂的茶葉農藥零檢出，只是有機茶的最基本的要求，它們並不等於「有機茶」。

有機茶是指以有機栽培方式所生產的茶葉，意義在於避免使用化學合成農藥及化學肥料來生產茶葉，這樣不但可以維護耕作者及消費者的健康，活化土壤養分改變土質，同時也保護了地球的生態環境。茶園有機栽培的方式在於使用有機質肥料來供給茶樹生長所需的養分，同時將農產廢棄物加以有效資源化利用；病蟲害的防治則需採用非農藥的防治方式，包括生物防治、人工捕捉、物理防治及栽培管理控制的方式；雜草的防治亦需採用非農藥之方式如：機械及人工除草、種植綠肥與地面敷蓋等。

想擁有「有機茶葉」產品之認證與標章是非常不容易的一件事，因為台灣有機茶的認證機制非常嚴謹，而且採用「政府農委會」和「私人專業組織」雙軌監督。認證條件如下：

一、申請期：查驗茶園中是否含有重金屬、農藥、化肥和除草劑殘留。此外，還需檢查水源是否有污染的情況。根據茶園的有機質量，此過程短則一年，長則可能會超過十年。

二、過渡期：申請期過後，將進入過渡期。在過渡期間，監督單位會隨機多次檢查土壤質量，以查看是否持續符合有機標準。這個過程大約需要三年。如果茶園始終符合有機標準，那麼該茶園將獲得有機認證。

三、認證期：獲得有機認證後，雙監督單位仍將每年進行抽查，確保茶農嚴格遵守有機標準，若違反相關規範，則取消相關認證。

# 第四章
# 品茶茗香，品味人生

# 二十八、由喝茶到品茶

我招待朋友的方式，一定從品茶開始，不少人會半開玩笑地說：喝茶就喝茶，哪來的品？喝茶和品茶、品茗有不一樣嗎？茶與茗不都一樣？其實他們還真的不一樣。

晉代郭璞於《爾雅》中註記：「樹小似梔子，冬生葉，可煮羹飲，今呼早取為茶，晚取為茗，或一曰荈，蜀人名之苦茶。」大家發現了嗎？茶與茗竟是不同的。所謂「冬生葉」是指冬天生長出的葉片，也指冬芽春採。經霜洗禮過的茶葉，或是低溫下長成的葉片，比較甘甜，採的也比春茶早，稱之為茶。春來草木萌發，茶樹新發的葉芽，於春天採收的叫做茗。對於嫩的芽葉，蜀人稱為苦茶，「苦茶」即為茗。

由此可知在古代，「茗」和「茶」並不能等同視之，簡單地說，茗就是春茶，茶則是冬茶。俗話說：「喝春茶，喝茶湯；喝冬茶，喝茶香。」春天摘採的茶，入口清香帶甜味，且久泡後仍喝得出甘甜滋味，所以「喝茶湯」。冬天摘採的茶，底蘊深厚，喉韻深遠回甘，香氣淡雅，不似春茶芬芳濃郁，以柔順見長，故「喝冬香」其實指的是喝茶入喉，韻味縈繞不去。

經過歷史演化，現代人喝茶除為解身體的渴，更將茶視為雅物，在飲茶過程中將視覺與味覺藝術融合，注重品味。在生活中泡茶，靜心體會其中的禪意和禪境，把修身養性放在首位，喝茶、品茶、領悟人生。茶與茗是否異同已不再重要，重點在「品」與「悟」。

自古而今，茶對國人來說就是一個有溫度的字，帶著一股情感。喝茶，喝的是一種心境，感覺身心都被淨化，濾去浮躁，沉澱下的是深思。茶是一種情調，享受當下的意境，在淡淡的茶香裡，回憶輕輕淺淺的苦澀，讓心性恣意隨行倒也附庸風雅。沏上一杯茶，看著茶葉的翻滾心中浮出許多感慨：茶要沸水滾燙以後才有濃香，人生也要歷經磨鍊後才能坦然。

「茶」字，由上而下可以拆解成「草」、「人」、「木」三個字，有「人在草木間」的寓意。也蘊藏了人與自然、融入自然，天人合一的概念。這樣的概念，與根植我們幾千年，道法自然的哲學思想不謀而合，這種含蓄的奔放，內斂又自然，很快速地成為我們文化的一部分。

飲茶傳承了千年的文化，在中國稱茶藝，在日本稱茶道，在韓國則稱茶禮。雖然名稱略有不同，但是它在精神上對人們的陶冶卻是一脈相承的。都是將喝茶提升為飲茶的藝術，當「喝」變成「品」，茶就成為生活禮儀和修身養性的媒介了。

從烹茶、沏茶、賞茶、聞茶到飲茶來增進友誼、美心修德乃至於學習禮法，是相當有益的一種氛圍。喝茶能靜心寧神，有助於陶冶情操、去除雜念，這與提倡清靜、恬淡、自然的東方哲學思想不謀而合，也符合佛道儒的「內省修行」思想。

壺容天下茶，緣逢知心友。茶道精神雖然是茶文化的核心與靈魂，但如果能夠省略那些令人望之卻步的講究與規矩，回歸對茶本質的欣賞，必能將這般休閒提升為雅緻，讓生活更有情趣也更加有意思。

如果生活是一杯水的話，那麼小確幸就是茶，無茶的日子，令人覺得平淡、索然無味。

品茶小知識

## 煮茶時是冷水投茶？還是沸水投茶？

茶宜泡宜煮，雖然大家一般習慣小壺泡茶，但有些茶是在煮後別具風味，有些茶則是在先泡後煮下更顯層次多元、口感醇厚。如老白茶、老普洱、老黑茶、老烏龍等。然而許多茶友在煮茶時，總是猶豫到底該什麼時候投茶，是一開始就投茶和冷水一起煮？還是等水沸騰之後再投茶呢？

對於品質好、有年分的老茶來說，內含物質的釋放是很快的。一般而言，這些內含物質只要和沸水接觸十幾秒就能漸漸釋出，時間愈長，溶出愈多，茶湯的滋味就會愈甘醇。另外若是在水沸騰之後投茶，能便於控制煮茶的濃度，避免出現茶湯過於苦澀的情況。

冷水投茶，就是在冷水狀態下煮茶。水在逐漸加熱最終變成沸水的過程很長，而茶葉在此期間則不斷釋放其內在物質，如此會使茶葉變得非常柔軟，茶湯變得更濃，也容易變得苦澀。若是用冷水煮陳年的老茶，滋味就容易偏濃烈，不如熱水煮茶般綿柔、滋味甘醇。

在煮茶時，建議用沸水煮茶，即先煮水再煮茶。

# 二十九、茶道修智慧不修制約

參加過不少茶會或茶道，這類品茶分享活動不外乎是希望透過泡茶和喝茶的歷程，讓參與者的情緒逐漸沉澱下來，身心也趨於寧靜。因為內外安靜，得以讓身體感官更加專注，聚焦在喝茶，從茶湯、茶香、茶韻的視覺、嗅覺與味覺接觸，提升到心靈感受，啟發我們的成長，修習智慧。

茶文化歷史悠久，自古傳承至今，無論是重視「和、敬、清、寂」的日本茶道精神，還是講究「和、靜、怡、真」的中國茶道精神，都將日常生活行為與宗教、哲學、禪修和美學融合一體，成為一門綜合性的文化藝術活動。它不僅僅是一種物質享受，而是通過茶席，學習茶禮，陶冶性情，培養人的審美觀和道德觀念。各家茶道或許流派不同，但他們確實都累積並沉澱了濃厚的文化底蘊。

日本人重視「清心」和「節欲」的禪道精神，因此將它們融入茶道之中，藉以修身養性、提高文化素養。為了在茶席上營造寂靜的氛圍，添加了些許儀式和禮節，在喝茶的途徑上增添了迂迴空間，提升茶的意境與想像。這猶如是享譽國際的日本知名建築師安藤忠雄所擅長，園林般的迂迴路線，讓參觀者體驗在空間中迴遊的意境。拉長時間感的同時，也創造出更大的空間，在體感上也就延伸了情意發展。

有別於具有嚴格儀式和濃厚宗教色彩的日本茶道，中國的民族特性比較趨向崇尚自然的樸實謙和、不重形式，飲茶也是如此。不會特別著重於「形」或「質」，講究茶的色香味，注重水質、茶具與天然環境，喝的時候又能細細品味，我們稱之為「品茶」或「品茗」。期待通過與他人進行心平氣和的心靈交流，重新審視自己的內心世界，昇華精神。

由此可知，對於泡茶這件事，無論古今中外，從生津解渴的喝茶發展到強調修練身心靈的茶道，都是殊途同歸的。既然各家茶道皆是透過茶席、茶具、茶湯來修身養性，以達追求寧靜、尋求自我之道。那麼換句話說「生活即道場、茶盤之間即道場」，也就是說只要透過茶席擺設、環境與空間營造、泡茶主人與客人之間的互動，品香、品茶湯、賞析等，讓喝茶者舒服，使參與者靜心，令品茶者有感而發，這就是茶道所要傳遞的主要目的。

茶道修智慧不修制約。茶道可以拘謹，也可以是雅俗共賞、輕鬆自在的一件樂事，若能靜心則不用過度要求形式，若能專注則可以不拘一格。不同種族、信仰、文化、地位的人或許對茶道有各自不同的看法，但最終都是追求其核心精神。只要能透過茶而靜心思考，用心體會世間奧祕、品味人生真諦，那都是智慧的茶道。若能營造寧靜的氛圍，使心境淡然，得到精神上的舒暢，都是和悅的茶道。

品茶小知識

## 茶可解酒？

坊間流傳「茶解酒，酒解茶」，因此很多人喜歡用濃茶來解酒，但茶真的有解酒功效嗎？

茶有利尿的作用，醉酒後適量地飲些淡茶，可以加速酒精的代謝物排出，使人較快地解除醉酒狀態。而茶中的茶多酚成分也有醒酒作用，能預防酒精急性毒性作用。但是酒後若大量地飲下濃茶，不但不能解酒，反而會加劇對胃腸的刺激。

酒精能使血液流動加快，血管擴張，而且對心臟有很大的興奮作用，使心跳加速。茶中的茶鹼同樣具有興奮作用，兩者加成下，更加重了心臟的負擔。而且大量濃茶中的茶鹼可以迅速地揮利尿作用，酒後飲茶時，茶中的茶鹼會迅速通過腎臟，產生利尿作用。這時，酒精被轉化為乙醛而尚未被轉化為乙酸，在未被轉化為二氧化碳和水之前就從腎臟排出。讓尚未分解的乙醛過早地進入腎臟。乙醛是一種對腎臟有較大刺激性的有害物質，而腎臟並無此解毒功能，所以會影響腎功能，所以酒後喝濃茶對腎臟是有很大的負擔。

由此可見，酒後是不宜飲茶的。

# 三十、茗茗之中

「搞操環」[8]的人常常睡不好。有一年暑假期間清晨五點醒來，翻來覆去就是睡不著，心想既然醒了不如起來運動，於是便起身出門慢跑。當我帶著滿身大汗回家時，發覺竟然才剛過六點，清晨的寧靜加上運動後的心靈沉澱，感覺格外平靜，索性就來泡杯茶享受一個人的時光。

剪開真空包裝的新茶，立刻飄出茶葉最原始的青澀味，緊接著開水一沖，高山茶特有的香氣立刻滿溢整個空間，也打開了敏銳的嗅覺開關，彷彿置身於高海拔的山林之中。第一杯茶湯滑入喉嚨的瞬間，柔順感與甘甜滋味令我眼睛為之一亮，也開啟了自己與茶的全新對話。奇妙的是，我所泡的是自己最常喝的一款茶葉，但直到那天我彷彿又

註8：台語容易操心之意。

重新認識了它，有一種截然不同的體會。

原來，新茶剛開始的味道是這樣！有時候我們太容易習以為常，會忘記這些曾令你驚豔的味道，就像再好吃的食物，在頻繁享用後，也會逐漸食之無味。這似乎也在提醒著我們，一旦被凡塵俗事困擾久了，初心容易被遺忘、被蒙蔽，如果有機會讓自己靜心，自我檢視、自我提醒，心靈就會被洗滌，內在的初衷也會被喚醒，在這種尋覓初心的過程中，我們內在心靈的充實感也會被滿足。

星雲大師說：「科技可以帶領我們登陸月球，卻無法登入我們的心！」的確，身處在科技日新月異的時代，雖然帶來更多便利，卻始終很難滿足我們的心靈。空虛太久或心裡參了太多雜質，心態就會扭曲，所以有時候心也需要健身。用正確、有效率的方法，就能快速找回心靈的健康與喜悅。而在品茶過程中自然平心靜氣，「茗茗之中」就能有這樣的歷程，無論在哪個地方、哪個時刻，只要願意，都可以靜下心來把自己安頓在茶湯裡。

杯空香氣來，心空福祿至。再香的茶，不能隔夜，隔夜則壞；再美的回憶，不要經年，經年必累。時時清洗茶杯，杯有清氣，入茗必香；每天清空心事，心有餘閒，幸福自來。捨不得清洗昨夜的香茗，必然喝壞今天的腸胃；放不下既往的人事，難免有損當下的幸福。空杯心態，讓往事安眠，讓當下幸福。

大家都喝過茶，但你的「第一杯茶」是從什麼時候開始的呢？當你學會靜下心來品味茶湯、品嘗自我，也就開始了你的第一杯茶。人與茶的交流貴在一個雅字，雅而不俗，這樣的茶味不只豐富，也很有趣。蘇東坡詩云：「從來佳茗似佳人。」好茶與美酒，自古以來在世界各處帶給文人雅士源源不絕的創作靈感，豐富人類的精神生活。

品茶，品的是茶，靜的是心，悟的是人生，洗滌的是靈魂。有些心事，骨鯁在喉說不出口，卻在茶裡浸潤，逐漸融散開來。看著茶葉在壺裡浮沉翻捲，好似在提醒我們拿得起也要放得下，坦然與淡然之間，是感動也是感慨。冥冥之中，似乎也在告訴我們；茗茗之中，人生如茶。

從開始喝茶、喜歡喝茶到懂得喝茶，才知道這些夾雜些許苦澀的甘甜滋味更是香醇；這樣的甘苦合奏，是唇舌間美麗的邂逅，亦是茶湯裡數不盡的風味。回想我們在人生中擺盪了多少年，也許歷經風霜，或許嘗盡滄桑，那些曾經的風光都是人生的滋味。

品茶小知識

## 隔夜茶、久放茶、冷泡茶

網路上流傳一則消息，表示隔夜茶喝多了會致癌，然而真的是這樣嗎？我國衛福部國健署表示，該傳言目前未經研究證實，目前沒有任何「會致癌」的醫學學理根據。其實茶泡好只要妥善保存，過一陣子再喝問題不大；相反地，若保存不當又放得過久，可能就會有微生物孳生。

換句話說，比起致癌，大家更應該擔心的是「微生物汙染」，尤其是含糖茶飲。因此，一旦出現「混濁、濃稠」的狀況時，無論是否隔夜或是放置幾小時的茶，都應立即倒掉、避免飲用，建議大家泡好茶後若未立即喝完，務必要透過冷藏保存。

對於隔夜茶，普遍都有個錯誤認知，認為過了夜才叫隔夜茶，其實不然。茶湯放置10小時以上的久放茶就已算隔夜茶了，不建議飲用。因為茶葉經過高溫沖開，持續泡在水裡很長一段時間後，茶單寧、咖啡因會一直釋出，不僅會使茶湯苦澀難入口，更容易讓人心悸、胃不舒服。而且茶湯在室溫下擱置太久，茶水裡的胺基酸會與空氣中的細菌、微生物作用而變質，造成酸臭。如果繼續喝，則容易出現腸胃不適的情況，比如肚子痛、拉肚子等，所以久放茶也不建議飲用。當然，如果有妥善冷藏，並且茶湯外觀和氣味均無任何異樣的話則沒關係。

那麼放在冰箱很長一段時間的冷泡茶呢？所謂的冷泡茶，是一開始就把茶放在冷水或是冰水中，而非用熱水沖泡，此時茶葉中的單寧酸比較不易釋出，所以較不會發生上述所說「茶單寧大量溶出水中」的現象，所以冷泡茶放在冰箱一個晚上甚至更久時，比較不會苦澀難喝，但仍需注意保存。

提醒大家，即使茶湯或是冷泡茶有妥善冷藏，還是要儘快喝完，一般來說，最佳賞味期是兩天以內，若放太久茶的味道就可能會開始變質。

# 三十一、投入生智慧

一位多年不見的朋友來訪，還特地帶來一斤茶作為伴手禮，並要我當場泡來試喝看看。我見他如此執著，心想此茶應當是特別之物，於是我備妥各式茶具，聞香杯、茶杯、茶碗、湯匙……一應俱全。朋友既是有備而來，當然得慎重以待，以便交換品茶心得。

隨後，我任憑醇厚茶香在鼻息間輾轉釋放，清香的山頭氣從熱香就開始散發出來，口感韻味十足，似是杉林溪大崙山一帶的茶質，氣味與口感都非常鮮明。拗不過朋友茶評之請，我說：「此茶有杉林溪茶的水平，茶香有感但較為短暫，冷香有韻但稍微不紮實，茶湯滑順但稍微利口，茶葉續泡尾勁乏力，茶球形狀粒粒分明，茶心和對口芽葉漂亮，可見製茶者很用心，但可能經驗不足，依茶質來看應該還有成長空間，研判可能是新手上路製茶沒幾年，但還是有杉林溪茶的平均水準。」

聽完，他非常開心地對我說：「其實這茶是我自己製作的」之後他便娓娓道來這幾年的心路歷程，讓我驚訝不已。這位友人曾經收入優渥，但後來工作不甚順遂，一直處於不穩定的狀態；朋友們也都擔心他的狀況，後來更是失去聯絡，讓大家憂心不已。現在竟能製作出這樣的茶品，著實令人替他感到開心。他話中雖然說的平淡簡單，但神情卻不免顯露出一絲滄桑，言談中也多了些對人生的感嘆，我知道這內心的轉折是非常不容易的。

很多真實故事和勵志電影都告訴我們不要害怕失敗，激勵人重整心態重新來過，就像迪士尼膾炙人口的《小飛象》：「讓你跌倒的事情，常常也是讓你重新翻身的事。」（The very things that hold you down are going to lift you up）以及經典作品《獅子王》中的台詞：「是啊，也許過去讓人心痛。但你可以選擇逃避，或是從中學習。」（Oh yes, the past can hurt. But, you can either run from it or learn from it）。

話雖如此，但這背後的歷程，從歷經痛苦、埋怨到承認、接受失敗，已是非常困難；要調整自己心態重新歸零，重新學習再出發，又是另一階段困難的轉折過程。

俗話說的好：「不要面子的，最大」這也是很多成功企業家常講的名言。

要承認我不懂，我還不行、不完美，我還需要重新學習，其實是很不容易的一件事。人都要面子，工作愈久、經驗愈多、愈是居上位者，心魔也就愈多。常人容易被面子綁住，拋不開這道枷鎖，就容易深陷泥沼爬不出來。不敢承認失敗，就無法將心態歸零，重新整裝再出發。

這位朋友能夠承認失敗與挫折，拋下面子揮別曾經的高收入，讓自己重新歸零，回到老家學習種茶製茶，不斷向附近的老師傅請益，短短幾年內已經有一定水平，杯中的茶湯已是他用心的最好證明，也很期待未來他所製作的茶葉。

茶席間，我們彼此分享也互相勉勵：「投入生智慧」不管我們從事什麼工作，只要用心積極、充滿熱誠，一定能創造新氣象、新局面，並從中體會出不同的樂趣，得到更多的成長及意想不到的驚喜收穫。「投入衍生出深度，付出才會傑出。」平時比別人多付出，學習機會才會比別人多。凡事盡力而為，與其抱怨、懊悔，不如自我檢視。面對挫折，保持快樂的心情向前走，就會更接近成功的窗口。所謂「投入」並非只是單純的認真、努力工作，而是指在自己的領域中用心、投入，找出問題克服困難，讓自我不斷成長，在邁向專業的過程中，心態才是關鍵。

最後我分享朋友一支品質不錯的杉林溪羊灣高山茶，因為茶區相近加上茶質甚佳，可以成為他效仿的典範。我們一起品嘗、探究其中奧妙，最後一致認為處理茶的「態度」確實是茶葉勝出的核心精髓，意即要把茶葉從「不錯」邁向「傑出」的境界，關鍵就在於茶農的心態。

態度可以說是成功的第一要素，我們表現的好壞通常不是取決於傲人的才能或環境，而是態度。或許我們沒有過人的智商，但「態度」卻是每個人都能擁有的優勢，也是成功的關鍵。我們對事物的看法通常會影響對事件的處理方式，用正面心態思考時，也會啟動我們週遭的正面動能，牽動正向效應，而得到正面的成果。如果用負面心態來思考，自然也會啟動負向動能，影響我們產生負面效應，最後徒勞無功，令人惋惜。

釋放對於面子的執著，放下之前的成就與冠冕，將熱情投入在從事的領域，你會發現一切再也沒有框架，就像一杯好茶帶你找回最初的、最純粹的感動。

這些一路走來的歷程，在日後都會是你生命中最經典的故事。

品茶小知識

## 鑄鐵壺煮水砌茶比較好喝？

在茶友間曾流傳「用鑄鐵壺煮水泡茶比較好喝」，一時間蔚為風潮，甚至很多人直接選擇用鑄鐵壺煮茶。這究竟是一種流行時尚的跟風？還是鑄鐵壺煮水真有其獨特的優點和意蘊？

首先，鑄鐵壺在煮水時會釋放微量鐵離子、微量元素到水中，也能吸附水中的氯離子，煮出來的水為軟水，口感較圓潤、甘甜，和山泉水有異曲同工之效。因此用鑄鐵茶壺煮出的水用來沖泡飲品，確實可以有效提升口感。

再者，相較於其它燒水器具，鑄鐵壺導熱更為均勻，加熱時水的內部、底部和四周都受熱均勻，溫度能夠全面提升，比一般煮水容器要高出2至3度，比較能達到真正沸騰，保溫時間也更長，可以進一步激發和提升茶的香氣。

泡茶講究氛圍，茶具亦是茶道美學的重要構成元素。味覺上，鐵壺愈養愈溫潤，可以提升茶湯滋味；視覺上，兼備賞玩價值和收藏價值，是極具藝術美學的煮水利器，當然也就提升喝茶品味的意象空間。

# 三十二、你或許很努力，但不一定用心

泡茶宛如人生的縮影，每個人的心境不同、心性不同，泡茶的動作也不同，泡出來的茶湯口感自然人各有異。日常生活中每一件細微的事情，用心做好了就是修身，能持之以恆就是養性。泡茶時，茶的好壞並不重要，重要的是你對待茶的心態。心不在焉，茶亦走味；思緒不淨，茶湯不定。愈是簡單的事，愈不容易做好。

日本茶道大師千利休說：「須知茶道之本，不過是燒水點茶」茶可以很簡單，也可以很深奧，只要願意，每一個人都能懂得品茶，關鍵在於「用心」。

從喝茶到品茶，最大差異就是面對茶的態度。我認為祕訣就是用心去感受，尊重、相信自己的真實感受，提升自己的感受能力。對於普羅大眾來說，喝茶時不必糾結「這是什麼香」。如果某杯茶的香氣讓你感覺舒服，就好好享受一下；如果感到不舒適，當然也可以不要聞，甚至不喝也就罷了。更不必糾結在「入喉的是什麼口感」，如果茶湯讓你覺得順口好喝，那就盡情品味；相反地，如果覺得滋味欠佳，任其消散即可，重點是用心去感受它。

同樣一杯茶，我們看到的是湯，佛門看到的是禪，道家看到的是氣，儒家看到的是禮，商家看到的是利。你想的是什麼，你就會是什麼，心即茶，茶即心！

泡茶用心，茶湯會有回音；就像生活用心，自然會有其他正向回饋，甚至能為你產生無限的能量。星雲法師曾言：「心，好比一座寶山，蘊藏無比豐富的資源，只要用心開採，就能取之不盡，用之不竭。」

用心很重要，但很多人誤把用心和努力劃上等號，其實努力並不等於用心。

有位老朋友同時也是一位長輩，喝茶近四十載，茶具一應俱全、擺設漂亮，每天擦拭茶桌，桌子後面的開放櫃上存放各式茶品，琳瑯滿目種類繁多。他對泡茶很是講究，投茶要秤重量，泡茶要按錶計時，大家都叫他「茶公」——茶葉公務員，簡稱茶公。乍看之下這位朋友相當專業，可是不管是什麼茶，他的泡法都如出一轍，雖然很努力地執行泡茶這件事，可是茶湯的表現卻不一定是最好。這樣的努力過於執著，卻偏離用心，非常可惜。套句工商界的一句順口溜：「苦幹、實幹、賣力幹——累死你的不是工作，而是你工作的方法」。

不要以為努力就是用心。這就像我們年輕時追求愛情、中老年維持和經營感情是相同道理。為了對方而「努力」，以為每個人要的都是一樣，這就只是一股腦的蠻幹，不見得是對方真正想要的。「用心」則是因人而異，因為每一個人都是不同的個體，有不同的想法、不同的個性，需要用心以對方想要的方式和態度來設想。對比之下，用心的人自然比努力的人更容易贏得芳心，在感情維繫上也更加和諧美滿。

國內暢銷作家戴晨志說：「努力，自己知道；用心，別人知道。細節，成就完美；認真，榮耀一生。」就是這個道理。

分享一個戰國時代的故事：有一次晉平公外出泛舟，當船行駛到河中央，晉平公忽然有感而發，面對江河慨歎：「何時才能獲得人才，與賢能之士一起享受這種樂趣呢？」船夫聽完後上前回答：「您這話不對，寶劍出產在越國，珍珠出產在江漢，美玉出在崑山，這三種寶物自己沒腳，可都來到您的身邊。若您真能禮賢下士，那麼賢能之人必定會來到您的身邊。」

你或許很努力，但未必很用心。當時的晉平公或許也覺得自己很努力，但是未必有用心於領導和經營團隊。因為「用心，資源自然會出現」只要用心，很多問題會迎刃而解；只要投入，再大的挑戰都能克服。俗話說：處處皆留心，點滴都學問。不管我們做什麼工作，都要用心在乎我們週遭的每一件事，用心關懷我們週遭的每一個人。只要用心積極、充滿熱誠，必定能創造新氣象、新局面，從中體會出不同的樂趣，並且看到許多驚奇，得到更多的成長及意想不到的收穫。

心若懶，做什麼都不會進步。一個人，只要用心、真心、誠心，無論做什麼都能成功，因為自身就是力量的泉源。

暢銷書《態度》一書中指出：「一個業務員不論銷售什麼，都必須先銷售自己。若自己對人處事不用心，缺乏真誠，你將無法成為一名優秀的業務員。」用心的態度常會贏得他人尊重的眼光，用心的態度也常贏得對方更尊敬的對待，用心就不用擔心沒有資源。

用心也是一種態度，這種態度不但讓人欣賞，也常會帶給我們無限驚奇！不可否認的，你可能曾經努力過，但並不代表你曾經真正用心過。

品茶小知識

## 茶醉？喝茶也會醉嗎？

有些人喝了茶之後有頭暈不舒服的狀況，就像酒喝多了會酒醉一樣，其實茶喝多了也會醉，這現象還真的是確實存在的，俗稱「茶醉」。

茶醉也叫醉茶，是指飲茶過量或喝的茶湯太濃所引起的不適現象，身體虛弱和空腹喝茶時容易引起；平時不常喝或少喝濃茶的人，當一下子喝咖啡因含量較高的茶時也比較容易出現。

茶醉現象其實是茶葉中所含的茶鹼所致，它的結構與藥理學特性和咖啡因非常相似。茶鹼是一種中樞神經興奮劑（酒精是中樞神經抑制劑），進入人體後會加速體內的血液循環，但若攝取過量則會破壞體內電解質的平衡，並抑制胃裡面磷酸二酯酶的活性，導致出現上述的身體不適症狀。

茶醉症狀：心慌、心跳加速、頭暈、頭痛、四肢乏力、站立不穩、手足顫抖、有飢餓感、噁心，嚴重者會發生肌肉顫抖、心律不整、昏厥、抽搐等危險信號，需要立即送醫院搶救。

輕微的茶醉可以用糖類（或含糖食品）化解，將一點白砂糖放入口中即可緩解。

# 三十三、不懂裝懂，令人惶恐

每次出門旅遊，看到有茶的地方總會有一種特別的感覺，就像喝完茶後那種安神舒暢的快感。也因此，我喜歡探訪各地方的茶人或茶農，在不同的場域和不同的人喝茶，常有不一樣的感受，當然也有不一樣的收穫。

還記得有一年暑假前往知名高山森林遊樂區避暑，順道進入附近的茶園走走，這已經是我多年來的習慣，除了可以認識茶農還能喝到在地的茶，如果喜歡還可以帶點茶回去與朋友一同分享、慢慢品嚐。那天我刻意選擇了曾經拜訪兩次的茶園，卻沒想到進來喝茶的遊客不少，偌大的茶桌早已擠滿了人。老闆看到我彷彿見到老朋友般熱情地打招呼，真沒想到他對我還有印象，讓我有些驚訝。大部分遊客都是喝完一杯茶後就默默起身離開，座位很快就空了出來，茶桌上只剩下我們一家人加上另一對夫妻檔共六位遊客。

老闆熟練地詢問我們想先試喝哪一種茶，只見桌上擺著一千四百元、兩千元、兩千四百元三種價位的茶品。我請他從便宜的開始試飲，這也是正常的品飲模式，如果一開始就喝最好的茶，那後面肯定會難以入喉。就這樣，我們有機會慢慢品飲三種口感不一樣的茶，非常過癮。

當老闆客氣地詢問我們品飲這三種茶的感覺時，我還在心裡思索該怎麼形容，只見旁邊的男遊客直言道：「老闆你也太省了，這茶味道太淡，可不可以拿好一點的茶來泡看看，我們又不是買不起……。」

老闆聽罷立刻致歉，隨即起身進倉庫拿出一罐四兩真空包裝的未開封新茶，希望我們再試品看看。男遊客邊喝邊點頭稱道：「對嘛！這才是好茶」並詢問價格。只見老闆略帶靦腆地說：「因為這茶比較貴，所以不好意思給遊客試喝。」就這樣，這對夫妻最終買了兩斤茶葉，一斤三千五百元，共付了七千元。

眼下這一幕，著實讓我心裡充滿疑惑。只覺手中的這杯茶，不論是茶香或基本茶質CP值（性價比）都沒那麼高，而且口感上還似曾相識。在那對遊客滿意地離開後，我忍不住搖頭笑了出來，因為這支茶湯的口感除了多點苦澀，茶質與前一泡幾乎無異，香氣就更接近了。心中暗自惴度：這應該是同一支茶，只是茶葉量投放多一些，或是沖泡的時間久了一點，而且看老闆泡茶的時間確實稍微長了一些，更加驗證了我的想法。

老闆看我笑得詭異，竟也尷尬地笑了出來，當下我們彼此都心知肚明、心照不宣。每個人喜歡的口味本就因人而異，喜歡茶味濃、澀感重的可以把浸泡時間拉長一點，但也理所當然犧牲了茶葉本來的韻味。

我問老闆第二支茶怎麼算，他想了想開口說：「一斤少算一百元好了，如果帶三斤便宜兩百元」在一陣談笑聲中，最後我帶走四斤茶，付了七千元整（原價二千，等於一斤便宜兩百五十元）。同樣的茶，我們都付了七千元，有人帶走兩斤，我卻帶走四斤。

茶的世界猶如一個江湖，雖深不可測，但是多聽少說絕不吃虧。在真實社會何嘗不是這個道理，那些自以為是、好為人師者，最後只是顯露自己的膚淺。

裝懂是最傻的事，不懂裝懂也會讓人深陷險境，不知道各位覺得呢？

## 品茶小知識

### 關於茶包：

茶包的問世是茶葉進口商偶然的發明，本來是為了方便向客人展示商品，進而將茶葉放在絲袋裡，後來客人買回家後，就直接放到到茶壺裡沖水，於是茶包就這樣被發明了出來。

我們印象中的茶包，茶葉總是細碎不耐泡，比起沖泡散茶總是少了幾分閒逸之趣。但茶包的出現，確實讓泡茶變得更簡單，還可運用多種茶葉來調配出不同的口味。可惜的是，常有廠商為了利益混入品質低劣的茶葉，導致在沖泡過程中釋放更多丹寧，喝起來既苦又澀。再加上國人大多為了方便，常常把茶包一直浸泡在水中，這個錯誤動作也讓茶喝起來較為澀口，導致大家對茶包有比較難喝的刻板印象。

**【茶包正確泡法】**

步驟1：選用瓷杯，勿用紙杯

步驟2：先用熱水溫杯

步驟3：放入茶包，均勻淋上熱水

步驟4：注意茶水比例

步驟5：撈起茶包，避免過度浸泡

# 三十四、喝茶趣——幽默的生活方式

一杯好茶，一顆清靜心。靜靜地守望著生活與歲月的點滴幸福。

面對煩躁的周遭，淡定從容、不慌不忙、不卑不亢是一種閒適沉穩的心境，是一種不以物喜、不以己悲的樂觀，是一種樸素平凡而又不失智慧的睿智與大氣。

林語堂曾說：「只要有一壺茶，中國人到哪都是快樂的。」

喝茶不僅體現在「喝」，也體現在「趣」，「趣」是一種幽默感，既然能在喝茶過程中開懷一笑，何樂而不為。

有一年，一群茶友相聚替一位有茶葉收藏家別稱的好友慶生，席間突然有人出了個餿主意，要壽星拿出上等好茶來招待大家；其中一位自詡專家的友人還指定要喝壽星珍藏的老熟普。大夥瞎起鬨亂了好一陣子，只見收藏家壽星慢條斯理地說了一則老笑話：

從前有一位普洱茶專家閒來無事，逛進一家老茶行，對店中各種茶都嗤之以鼻。店員只好請出老闆；老闆無奈之下，只好端出兩餅鎮店之寶。專家眼睛一亮，拿起一片仔細觀察，久久不能釋手。

專家問：「一餅多少錢？」

老闆回答：「十萬八。」

專家問：「開一片來嘗嘗？」

老闆笑著說：「開、開、開……。」

專家聞「開」一聲，馬上拿起茶刀準備撬開茶餅……。

老闆「開、開、開…」之音未止，微笑至此轉成冷笑，滿腔鬱悶終於爆發出來：「開、開……開什麼玩笑！」

眾人聽完哄堂大笑，也就沒敢再造次了。

有人說：「如果你無法解決一個問題，那最好先嘲笑它。」

幽默是一種生活方式，它可以反映出一個人是不是能從容面對困境、自我解嘲，用不同的角度看事情，而這樣的人生態度不但吸引人，更是大多數人所嚮往的。因此，具有幽默感的人大多也是我們所喜歡接近的人。

仔細想想，我們週遭還真有不少生性淳樸、善良、做事努力不懈，但是卻直來直往，缺乏幽默感的同事或朋友，通常他們的人際關係也比較侷限。除非有需要一起工作或為了必要的溝通協調，否則私底下不一定會想到他們，因為覺得和他們相處不但缺乏樂趣，也鮮少提出有創意的點子或是具有建設性的意見。

這樣的人雖然不至於被永遠埋沒，但總覺得略帶遺憾，以他們的努力精神再加一些幽默成分，必定能成為更受歡迎的人，當然也就能擁有更多的快樂與機會，這樣的人生變化可以說是由黑白轉變為彩色的。

幽默是人際關係中重要的潤滑劑，它可以促進和諧，催化、提升人與人之間的情感，縮短彼此距離。日常生活中面對緊張的衝突場面，具有幽默感的人較不會感到膽怯，並且可以保持冷靜，以心平氣和的態度來面對。

下面跟各位說一個故事：

古時候有一位大學士名滿天下，權極一時，可是他卻以自己兒子為恥，因為他一直覺得兒子不成材，所以每每見到就數落其子沒出息，不論在什麼場所都照罵不誤。

時間一天天過去，兒子的兒子考上了進士，然而大學士卻依然逢人便說自己的兒子沒出息，是家中的恥辱。

有一天，兒子的朋友在大學士家又聽到他正在數落自己兒子，朋友憤憤不平地問兒子說：「你被老爸罵了這麼多年，為什麼都不會生氣呢？」

兒子說：「他的爸爸比不上我爸爸，他的兒子比不上我兒子，究竟誰比較有出息呢？我為什麼要生氣？」

從那以後大學士就再也不罵兒子了。

幽默總是在我們既定的思考模式中突然出現，在緊繃氣氛中冒出輕鬆火花，超越了原本的思維秩序，突破了既有框架，讓我們的緊張情緒得以解放，想法一下子跟著活躍了起來，最後得到意想不到的結果。恰如「山窮水盡疑無路，柳暗花明又一村。」

同時幽默也是最好的溝通方式。藉著幽默突顯事件的荒謬性，就能讓人更容易接受其中傳達的道理。故事中的兒子正是藉由幽默的方式來誇大整件事的荒謬無理，如此既能顧及父親顏面，又能維持場面和諧，更可以讓眾人在無傷大雅的情況下感受自己的智慧。故事中也顯示出能帶著輕鬆幽默過生活的人，通常也較有自信，不在乎別人的看法，因為他們了解自己，知道自己要什麼，也知道自己要做什麼。

當困難來臨時，常會聽別人說：「完蛋了、怎麼辦？」但幽默的人往往不會過度擔心，能在困難中找到機會，化危機為轉機。

有一位知名教授應邀到監獄對受刑人演講，當主持人介紹完畢後，教授在上台時不小心在階梯摔了一跤，全場聽眾笑成一團，氣氛頓時有些尷尬。教授慢慢地起身走到講台，現場一片安靜，數千隻眼睛都等著看他怎麼做。這時候教授不慌不忙的說：「這個故事告訴我們：『在哪裡跌倒，就要在哪裡站起來。』你們說對嗎？」在場的受刑人聽完這句話，全部起立拍手鼓掌達數分鐘之久。

幽默也是最好的領導方式，正所謂小故事大道理；在幽默的小故事中，常常蘊含著深刻的人生智慧和工作哲學，即便是大眾都能接受的哲理，如果不用幽默加以包裝，一般人通常也聽不進去。藉著幽默的方式來表達，容易使對方接受，且不致使現場氣氛尷尬，帶給當事人一粒砂看世界的效果。

常言道：「人生如戲」其實人生也如笑話。

笑話中常常將我們舊有的邏輯打破，引導我們進入一個充滿想像的世界。而現實生活中，一成不變墨守成規，也常使我們覺得無趣且缺乏生機，如果能偶爾轉個彎，來點變化，總會讓人感到活潑趣味，增添生命力。幽默的觀點能讓人在相同的情境中從不同的角度去看事情，甚至重新解讀所賦予的意義。

上述的例子在日常生活中不勝枚舉，但是仔細探討其中影響我們情緒低落、士氣不振，或框住自己鑽牛角尖的想法與心態，常常是源自參照點的不同。

關於幽默的好處，幾乎無所不在，幽默雖然不是成藥，但是研究顯示歡笑有助減輕治療期間的病痛，電影《心靈點滴》（Patch Adams）中，男主角常裝扮成小丑娛樂病患，藉此減輕病患生理上的疼痛，降低心理上的負擔，令人印象深刻。在國外已經有愈來愈多的醫院利用布偶來向病患說明重大病情，這樣的做法不但容易讓病患接受，帶點幽默的做法也令患者及家屬不至於一股腦地往負面的方向想，對安撫人心能起到相當大的作用，尤其是面對小朋友時效果更好。

歡笑或許不會讓我們的痛苦減少，但是幽默的觀點卻能讓視野變得寬闊。因為歡笑使我們外移焦點，不在痛苦中鑽牛角尖。我們的情緒往往在心情指標的兩個極端間飄蕩，歡笑則可以幫助我們保持這樣的平衡；幽默的生活態度也總會在適當的時機提醒我們：縱然偶爾會發生一些差錯，大多數時間還是做得不錯的。有時候情況真的不好，但不會一直不好下去。世界上沒有一個人、一件事是能完美的，別把那些不完美的事看得太嚴重，幽默以對終究能贏來雨後天晴。

## 品茶小知識

### 小壺泡法：

泡茶和飲茶的方法有很多種，相同的茶葉藉由不同的沖泡方式，表現出來的茶湯滋味也不盡相同。國人最習慣也最喜歡的莫過於小壺泡法，其多樣化的茶具組合搭配充滿雅趣，也是一種講究韻律美感的泡茶方式。

**【步驟】**

一、溫壺：熱水淋壺，提高溫度，避免泡茶初期影響水溫，改變茶湯的風味。

二、溫杯：將溫壺的熱水，倒入茶杯中，提高茶杯溫度。

三、置茶：等待茶壺溫熱的時間裡，把茶葉放入茶則，邀賓客一同賞茶。

四、投茶：將茶則上的茶葉投入泡茶壺中。

五、醒茶：又稱溫潤泡，將熱水倒入茶壺淹過茶葉，茶葉受熱幾秒即可倒出來。目的在使某些比較緊結的茶舒張，喚醒茶葉。

六、沖泡：注水泡茶，時間依所泡茶種而異。以台灣高山茶為例，一般至少需要五十秒到一分鐘。

七、奉茶：將茶湯倒出，分別置入聞香杯或茶杯中獻給賓客。

八、品茶：以聞香杯品茶香，入口杯品茶湯。

# 三十五、做喜歡的事，回心中的甘

茶，是先讓你感受苦澀，再讓你回甘享受。像在告訴我們要不畏艱苦，堅持做自己喜歡的事，日後才能在心中回味一份甘甜滋味。

在二〇二〇年台灣首度舉辦的全國有機茶大賞裡，球形烏龍茶組總冠軍翠蛙選由「慈心淨源茶場」獲得。位在坪林的淨源茶廠能在比賽中打破「南烏龍、北包種」的局勢，並在眾多高山茶中以低海拔茶菁獲得首獎，是一件非常不容易的事。茶場內年輕的新世代製茶師團隊在茶菁條件、狀態不均的情況下，以罕見的手法精心製茶，一舉突破重圍拿下比賽冠軍。

在新北石碇，有一位從小聽父親講茶，跟著喝茶、聞茶，底蘊天成的年輕人許先生，在父親身邊耳濡目染之下，跟著做茶僅五年就拿下全國發酵茶製茶技術比賽冠軍。

茶是個深奧且專業的領域，種茶、做茶就是一門不斷學習的課程。或許不少人以為這些年輕茶師是僅憑一時走運才拿到首獎。但其實得獎的背後，都是一段全力以赴，潛心學習、研究，在失敗中不斷嘗試的歷程。有人十年磨一劍，有人花五、六年時間精心打磨一個作品。更重要的是他們都能沉澱自己、自我探索，做自己喜歡的事。

雲門舞集創辦人林懷民說：「一個人的人生，什麼都可以被拿走，只有夢想不能」一個成功、偉大的作品通常不是靠力量來完成的，而是憑著堅持來完成的。NBA公認史上最偉大球員——籃球之神麥可喬丹曾說：「我可以接受失敗，但我不能接受放棄」專業是不斷累積而來，邁向專業的人不是不會失敗，而是會從失敗中成長，不斷進步，最終成為專業。沒有人能隨隨便便就成功，在成功之前盡是失敗的痕跡，多一分堅持就會離目標更進一步。然而能讓我們堅持的前提是喜愛，所以找到自己熱愛的領域很重要，那將會是驅使我們全力以赴的重要動力。

天生我材必有用，茶如此，人亦如此。每一種茶都有不同的成分、不同功用，不同口感和韻味；就像每個人都有與生俱來的天賦，都有自己的優勢和劣勢。有些事情是你做起來特別順手的，有些事情是不需要任何人督促，就能自動自發開始動手做的，那些讓你真正充滿熱情的事，正是你喜歡、感興趣的事，在那些事物上就能充分發揮你的才能與天賦。

做自己喜歡的事，才會充滿熱情，因為喜歡而有源源不絕的動力。做自己喜愛的事，才能永不懈怠，每天都過得快樂。做熱愛的事，才有機會出類拔萃，才能成功。更重要的是做你自己熱愛的事，才會了解自己存在的價值。只有做自己熱愛的事你才不會迷失自我。

話雖如此，堅持做喜歡的事，從來就不是簡單的事。周遭有太多現實因素會干擾我們，即便堅持自己也不一定能獲得認同，有時候我們可能出於無奈、被迫選擇一條自己並不喜歡的路。這樣的道路剛開始一定讓自己顛簸不已，有的人苦悶、彆扭，但是有的人仍然努力拼搏，為的就是想在下一個十字路口前能準備好足夠的本事，選擇自己喜歡的岔路走。

也有人在自己不喜歡的路上走久了，發現了這條路不一樣的風景，逐漸讓自己轉變心態喜歡上它，使路途從此變得愉快，雖然多繞了一些路、多轉了一點彎，卻依然可以帶領我們到達目的地，邁向成功。

人生中有一種悲苦就是明知是自己不喜歡的事，卻堅持做了一輩子。如果我們靜心想想，這樣的遺憾應該不是堅持而是固執。堅持與固執不同，堅持者在意的是「達成心中的願景」，他們追尋的是「成就感」；固執者在意的是「證明自己是對的」，他們追求的是「自尊心」。在其根本意義上，二者是有明顯區別的，我們沒有必要讓堅持變成固執，也不應該把固執視作堅持，一意孤行。

知名喜劇大師金凱瑞曾說：「就算做你不喜歡的事，都有可能失敗了，何不一開始就選擇你熱愛的事」別將時間浪費在一份連你自己都不喜歡的工作上，人生短暫，更要將時間花在自己真正認為重要的事情上。一開始就要選擇自己熱愛的事情來做，只有這樣才能比別人更快、更早地達成你的目標與理想。

有人說：「努力＋熱情」是人生的第一桶金。如果有件事是你打從內心很想做的，那麼就不要猶豫，放膽去做吧！

## 品茶小知識

**碗泡法：**

泡茶方式很多種，有別於講究優雅精緻化的小壺泡法，另有一種簡潔大器的泡茶方式也深受許多人喜歡，那就是碗泡法。

碗泡法對器具需求簡易，主要靠的是一碗、一勺、一雙筷。將適量的茶葉放入茶碗中，注水、待茶，再用茶勺分杯飲用。其優勢在於形狀開放，不會限制葉片在沖泡過程中的舒展，也是簡單、省事、最接地氣，大碗喝茶的感覺。

不用刻意等待幾秒出湯，也不用計算沖泡幾次。想喝就舀出來分飲，無拘無束隨心所欲，圖個自得其樂。茶色、湯色等在此泡法下一目了然，特別是查看葉底，便於更好地了解茶的工藝特性。

碗泡法散熱快，讓茶湯溫度更適宜直接品飲。特別是春夏之際，新鮮綠茶上市時的季節。現在蘇州地區的碧螺春還有延用大碗泡茶的習俗，這也是民間碗泡的遺留風尚，更有愛茶人士將碗泡法發揚為一項茶藝。

# 三十六、茶的靈魂

蘋果前執行長賈伯斯曾批評微軟的設計沒有靈魂。

現在許多建案都會以「有靈魂的建築」這類的感性詞彙作為標語，就像許多咖啡品牌也都會打著「咖啡裡住著一個靈魂」的廣告詞一樣。有靈魂的東西，是說給懂的人聽的，同時也企圖把聽不懂的人帶進一個若有似無的模糊狀態，讓這個介於理性、感性之間的狀態，把冰冷的物品活化，也拉大了我們的意象空間，賦予溫度的同時也為其增添了更多價值。

那麼，茶有沒有靈魂呢？有人說水是茶的靈魂，因為有好水才可以泡出好茶、泡出健康；有人說香氣是茶的靈魂，質量愈高的茶葉，香味愈獨特明顯，而茶香也是判斷其品質好壞的重要標準之一。也有人說甘味是茶的靈魂，因為會回甘的才是好茶。當然也有人說茶藝才是茶的靈魂，他們認為通過沖泡的過程，使品飲者有愉悅感的同時，也把賞析茶葉色香味的所有歷程變成一種藝術。

茶是一種飲品，既然是飲品，口感當然因人而異，只要喝著喜歡即可，相對喜歡的就是好滋味，自己的感受最重要。最初喝茶的首要目的是解渴，它解決我們最基礎的生理需求，但是對人類而言，這項歷史源遠流長的飲品，不但已經形成龐大的經濟產業，其精神和文化層面也為人們貢獻了豐富多彩的生活內涵。當茶成為一種幾千年文化傳承的載體，它就已經不再只是普通飲品，更蘊含豐厚的精神意義。

品茶豐富的文化底蘊，讓愛喝茶的人有良知（兩知）。知道：深知世俗的道理，了解人與自然之間的天地之道，潔身自愛如清茶般不濁不染。知足：追尋內心的自在滿足，知所進退而不被束縛，即便面對欲望也能知足常樂。

茶人藉由茶事修練自我，追求的並非獨善其身，因為茶人有一顆不執著的心，捨得與人分享。所以說「茶人心像寬容的海洋」一般無所不包：包容認識與不認識的朋友、包容茶具、包容茶湯……。淡薄名利，是茶人處世的哲學；低調內斂，是茶人待人的態度，而其間的得失與進退，端賴包容之心來化解。

於浮生間求一茶一味一淨地，無入而不自得，隨心所遇而不逾矩。一泡茶需要安靜的環境，需要清潔的茶具，需要良好的水質，需要水溫和茶具的配合。茶之所以能讓一個浮躁的人慢慢平靜下來，並非是茶本身使人寧靜，而是泡茶的過程和安靜的環境，還有對一泡好茶的尊重。

茶的包容性非常強，可以讓任何人品飲，也可以接受不同作法。做人也應該要學會像茶這樣的包容；學會開闊的思路、寬宏大量的胸懷，從學茶中，逐漸學到想得開一些，思維空間也就大一些。心胸寬闊一些，處事寬容一些，眼睛就就明亮一些。用體諒的心，化物於無住之境：做人要有體諒的心，要經常設身處地為別人著想，人際關係才會和諧。

靜夜獨坐，沏上一壺熱茶，看熱氣裊裊升起，心事也隨著熱氣漸漸蒸散。

入茶入相入心，品茶是人與茶之間相互照見的過程，相輔相成。茶因人而更顯茶性，人因茶而使人生更加完善。沒有人，沒有人文活動，茶葉和茶湯就是沒有靈魂的原料和飲品；喝茶的人沒有心境，帶著一顆浮躁的心就品嚐不到這份精神層次的甘甜，也感受不到這份游離於理性與感性之間的意象狀態。可以說將茶與水置入壺中的同時，我們同時也將心靈灌注其中，讓人文精神透過茶湯呈現出來。

想要了解茶裡的靈魂，就得靜下來喝杯茶，等一等自己的靈魂。
當你心情沉靜、神閒氣定了，就能清楚看見茶裡的靈魂

品茶小知識

## 潮汕工夫茶泡法：

潮汕工夫茶是廣東潮汕地區特有的傳統飲茶習俗，也是傳統茶藝中非常具代表性的一種泡茶方式，是以自唐宋時期就已存在的散茶品飲法為基礎，所發展起來的茶泡法，並逐漸形成精緻茶泡品飲的極致。也是融合精神、禮儀、沏泡技藝、巡茶藝術、評品質量為一體，完整的茶道形式，既是一種茶藝，也是一種民俗技藝。現已被列入中國國家級非物質文化遺產名錄。

想進一步了解可以上各大影音平台仔細研究，其步驟各家說法雖然不盡相同，卻有異曲同工之妙，大致歸納如下：

1. 焚香靜氣：焚品檀香，平和氣氛，目的在靜心。
2. 葉嘉酬賓：出示所泡茶葉讓客人品賞。
3. 火煮山泉：泡茶用山溪泉水為上，用火煮沸。
4. 孟臣淋漓：即溫壺，惠孟臣是明代紫砂壺製作專家，後人把名壺喻為孟臣。
5. 烏龍入宮：把烏龍茶放入紫砂壺內。
6. 懸壺高沖：用沸水以高沖方式注入壺中，充分激盪茶葉。

7. 春風拂面：用壺蓋輕輕颳去表面白色泡沫，使茶葉更清潔（溫潤泡，不喝）。

8. 熏洗仙顏：用開水淋洗茶壺，即洗淨茶壺外表又提高壺溫。

9. 若琛出韻：即湯洗茶杯。若琛以擅長製作茶杯而出名，後人由此把茶杯喻為若琛甌。

10. 玉液回壺：即用高沖法再次向壺內注滿沸水。

11. 遊山玩水：即運壺，執壺沿茶船轉一圈，刮淨壺底的水滴，避免滴落入杯中。

12. 關公巡城：依次來回往各杯低斟茶水，使各杯茶湯濃淡一致。

13. 韓信點兵：壺中茶水僅餘少許時，則往各杯點斟茶水（又稱蜻蜓點水或觀音滴水）。

14. 三龍護鼎：用姆指食指扶杯，中指托杯，此法既穩當又雅觀。

15. 喜聞幽香：品聞烏龍茶湯獨特香氣。

16. 鑑賞三色：品觀茶湯在杯中的上中下三種顏色，故稱三色。

17. 初品奇茗：觀看、聞香後開始品飲茶湯味道（三口為一品）。

18. 盡杯謝茶：喝盡杯中之茶湯，心存感謝茶農栽種，製作佳茗。

國家圖書館出版品預行編目（CIP）資料

且慢茶館：從品茶，品味人生／葉中雄著.
-- 初版. -- 臺中市：晨星出版有限公司，2022.04
面；　公分. --（勁草生活；495）

ISBN 978-626-320-097-5（平裝）

863.55　　111001781

勁草生活 495

# 且慢茶館

## 從品茶，品味人生

歡迎掃描 QR CODE，
填線上回函

| | |
|---|---|
| 作者 | 葉中雄 |
| 執行編輯 | 姜振陽 |
| 校對 | 葉中雄、姜振陽、王韻絜 |
| 封面設計 | 言忍巾貞工作室 |
| 美術設計 | 黃偵瑜 |
| 創辦人 | 陳銘民 |
| 發行所 | 晨星出版有限公司<br>407台中市西屯區工業30路1號1樓<br>TEL:（04）23595820　FAX:（04）23550581<br>E-mail:service@morningstar.com.tw<br>http://www.morningstar.com.tw<br>行政院新聞局局版台業字第2500號 |
| 法律顧問 | 陳思成律師 |
| 初版 | 西元2022年04月01日　初版1刷 |
| 讀者服務專線 | TEL:（02）23672044 /（04）23595819#212 |
| 讀者傳真專線 | FAX:（02）23635741 /（04）23595493 |
| 讀者專用信箱 | service@morningstar.com.tw |
| 網路書店 | http://www.morningstar.com.tw |
| 郵政劃撥 | 15060393（知己圖書股份有限公司） |
| 印刷 | 上好印刷股份有限公司 |

**定價350元**

ISBN 978-626-320-097-5

Published by Morning Star Publishing Inc.
Printed in Taiwan